魔王と誓いの口づけ

Sachi Umino
海野幸

CHARADE BUNKO

Illustration

琥狗ハヤテ

CONTENTS

見渡す限りおよそ建造物というものがなく、生き物たちの気配もない。水気の乏しい荒涼とした大地が広がるばかりの景色《けしき》を見下ろし、ネロリは浅い溜息《ためいき》をついた。

久々に戻ってきたというのに、魔界はあまり代わりばえがしない。

（人の世界だったら、半年も見なければ家だのビルだのバンバン建つもんだけど）

つまらないね、と胸の中で呟《つぶ》きはるか遠くまで視線を飛ばしたが、赤土が剝《む》き出しになった地平線が見えるばかりで、自分以外に動く物すら見当たらなかった。

魔界は変化に乏しい。海の底のようだ。ゆっくりと生き物の亡骸《なきがら》が積み重なるようにして大地に緩やかな起伏ができ、その上に鋭く尖《とが》った珊瑚《さんご》のような岩場が並ぶ。頭上から降る月の光はやはり水底から見上げるように朧《おぼろ》で、魔界は終始青白い闇《やみ》に包まれている。未来永劫《えいごう》、この地に陽光が降り注ぐ日はやってこない。

草一本生えていない、冷たく固い魔界の大地。その上に点在する岩場に腰かけ、ぶらぶらと爪先《つまさき》を揺らして魔界を睥睨《へいげい》していたら耳の上を何かが掠《かす》めた。柔らかくウェーブのかかったオレンジ色の髪が揺れ、ネロリはうるさそうに首を振る。

見るまでもない。先程から自分の周りを飛び回っているのは小さな蝙蝠《こうもり》たちだ。

「わかってるよ、すぐ戻る」

虫でも追い払うようにネロリが手を振っても、蝙蝠たちは離れない。

蝙蝠といってもただの蝙蝠ではなく、魔界でネロリの世話を焼いている従者が飛ばしてきた使い魔だ。これのせいでネロリは人間界から急遽《きゅうきょ》魔界へ戻ってくる羽目になった。あともう少しで、人の世を経済面でリードする国の大企業を幾つか汚職に染め上げ、国内を混乱の坩堝《るつぼ》へと誘《いざな》えるところだったのに。

ネロリの落胆をよそに蝙蝠たちはうるさく周囲を飛び回る。その姿が、いつも自分の後ろをついて回っては小言を並べる従者の姿と重なった。

さすがにこれ以上待たせると、言い訳もさせてもらえぬまま膝《ひざ》を詰めた説教が始まってしまいそうだ。観念してネロリは重い腰を上げた。

ダボッとした黒のセーターに細身のジーンズを穿《は》いたネロリは、一見人の姿と変わらない。それでも、ネロリが人間界で人ごみの中を歩くと、どういうわけか非常に目立つ。

長身に長い手足。琥珀《こはく》色の瞳《ひとみ》と淡い桜色の唇は、いつでも笑みを含んでいる。顔だけ見れば二十代の後半といったところだが、その実千年の時を生きるネロリの顔はちょっと見過ごせないほど過剰に整っている。川の水に揉《も》まれて下流までやってきた石がすっかり丸みを帯びているように、気の遠くなるような年月の中で不要な部分や醜い部分をまるきりそぎ落とした、完璧《かんぺき》な美貌《びぼう》だ。欠点と言えるべきものが見つからない。

ネロリが小さく息を吸い込むと、大きな羽音と共にネロリの背に黒く艶《つや》やかな翼が広がった。ネロリはジーンズのポケットに手を突っ込んだまま、高い岩場からひらりと身を投げ出す。水泳の選手が水に飛び込むように、地面に向かって頭から。

大きな翼が風を摑《つか》むのは一瞬で、垂直に落下していたネロリの体はすぐさま大地と平行になって急上昇する。

時折翼を上下させて目的地を目指しながら、ネロリは気乗りしない顔で溜息をついた。

長年自分の世話を焼き続けている従者からお呼びがかかるときは、大抵ろくなことがない。またさんざんに小言を言われるのだろうと思えば気が重くなるのも当然だ。

大体、自分は本来従者に小言など言われなければいけない身の上ではないはずなのに。なんと言ってもネロリは、この広大な魔界全土を治める大魔王の息子《むすこ》である。

（とはいえ、三男坊なんてどこもそんな扱いなんだろうけど）

ネロリの上には兄が二人いる。長男のヴァルトは魔王の血を色濃く引く冷徹な悪魔で、第一王位継承者の名の通り、次期魔王として周囲からもすでに一目置かれている。次男のフラムはヴァルトほど目立たぬものの、何事もそつなくこなし頭も切れる。ヴァルトにもしものことがあれば、フラムが王位を継ぐことになるだろう。

対して三男である自分はヴァルトほど観衆を圧倒するカリスマ性もなければ、フラムほど周囲の期待を読み取って器用に振る舞う柔軟さもない。しきたりや面子《メンツ》が煩わしく、魔界のことは兄二人に任せて気楽に魔界や人間界を行き来している。放蕩《ほうとう》息子という言葉がぴったりのポジションだ。

周囲の悪魔たちも、上の兄二人ほど丁重にネロリを扱おうとはしない。

(だからって、仮にも第三王位継承者に雨あられと小言ぶつけてくるんだもんなぁ)

今回は何をやらかしてしまったのか、と身に覚えがありすぎてまるでわからないまま飛び続けていると、前方に大きな城が見えてきた。岩場や山がある以外ほとんど視界を遮るもののない魔界で、高台に作られた尖塔《せんとう》の並ぶ城は異様な存在感を持ってそこに聳《そび》えている。

高い城壁に囲まれた城の前までやってくると、ネロリは羽をたたんで城門の前に下り立った。そのまま空を飛んで居館まで行ってしまってもよさそうなものだが、そこは曲りなりにも魔王城。上空から侵入しようとすると、ネロリだろうと容赦なく城からの攻撃を受ける。

城の周囲に取りつけられた大砲は飾りではない。しかも魔力を感知すると勝手に弾の飛び出す自動砲撃機能つきだ。

(火薬詰めた鉄の球が当たったところでどうってこともないけど)

服が汚れるくらいで、などとのんきなことを呟けるのは、三男坊と言いつつもネロリが魔王の息子で、魔界に蠢《うごめ》く多くの悪魔たちとは比較にならない強い魔力を持っているせいだ。

鎧戸《よろいど》のついた城門の前にネロリが立つと、すぐに門が開いた。

広い玄関ホールは赤い絨毯《じゅうたん》が敷き詰められており、突き当たりには階上へ至る階段が緩いカーブを描きながら右左対称に伸びている。天井には巨大なシャンデリアがぶら下がり、その上で無数のろうそくが炎を揺らめかせていて、ホール内は赤々とした光に満ちていた。

ホールに足を踏み入れたネロリはすぐに歩みを止め、整った眉《まゆ》をわずかに顰《ひそ》めた。

ホール中央では三人の人物がネロリを待ち構えていた。予想よりも人数が多い。

真ん中に立つのはエックハルト。黒い燕尾服《えんびふく》を着た、長男ヴァルトの専従執事だ。頭の半分から上は禿《は》げ上がり、剝き身の卵のようになっている。半分から下に生えた髪は真っ白で勢いよく四方八方に撥ねているので、後ろから見るとまるで大きな卵を抱えた鳥の巣のようだ。鷲鼻《わしばな》でいつも厳しい顔をしているエックハルトは、この城の執事長でもある。

エックハルトの右隣に立つのはアルマンだ。エックハルトよりはとっつきやすい顔つきで、やはり燕尾服を着ている。短く切った白髪を立て、常にモノクルをつけたアルマンは次男フラムの専従執事だ。無口な男でほとんど口を利いた記憶はないが、副執事長を務めている。

そして反対隣に立つのが、ティエン。壮年どころか初老と言っても差し支えのないエックハルトやアルマンと比べると大分若い。人の年でいえばまだ十代の後半といったところか。銀の髪を胸に届くほど長く伸ばし、後ろで一本に編み込んでいる。そしてティエンだけ、黒ではなく白に近い銀の燕尾服を着ていた。

ティエンはネロリの従者で、専従の執事だ。使い魔の蝙蝠を人間界まで飛ばしてネロリをこの場に呼び戻した張本人で、自分よりずっと身分の高いネロリに容赦なく説教と小言を繰り返す人物でもある。

三人はホールに入ってきたネロリに向かって等しく頭を下げる。途中、ティエンに向けてネロリがひらりと手を振ると、ティエンは青みがかった灰色の瞳を向け、軽くこちらを睨《にら》みつけてきた。遅い、といったところか。

今回も説教は免れないようだと覚悟しつつ、ネロリは腕を組んで首を傾《かし》げた。

ティエンだけでなく、エックハルトやアルマンまでが自分を出迎えてくれるのは珍しい。特にエックハルトは次期魔王である長男ヴァルトの教育に忙しく、ネロリになど目もくれたことはなかったのに。

(……これは何か起こってるね)

目の前に並ぶ三人の執事たちの強張《こわば》った表情からただならぬ雰囲気を感じ取り、何を言われるものかとネロリは目を眇《すが》める。

(そろそろ親父《おやじ》が引退して、兄貴が王位を継ぐってところかな?)

ここ最近——といっても軽く百年にわたる最近だが、ネロリの父である魔王の魔力が徐々に減少している。それは王の身の回りにいる悪魔たちなら皆が薄々感じていたことだ。エックハルトなど、いよいよ王位継承かと当のヴァルトを差し置いて鼻息を荒くしていた。

そういうめでたい知らせなら結構なことだ。

ネロリにとっては、兄が王位を継ぐことはめでたい以外の何物でもない。魔王なんて大層な肩書を背負おうとしている兄たちには常々感謝しているくらいだ。玉座に縛りつけられて自由に身動きがとれなくなるなんて、ネロリには拷問としか思えない。

魔界の魔王になるくらいなら人間界の大統領にでもなった方がまだ面白そうだと余計なことまで考え始めたところで、エックハルトが面を上げてひたりとネロリを見据えた。

「ネロリ様、単刀直入に申し上げます。大魔王様が、このたび王位をお譲りになることが決定いたしました」

へぇ、とネロリの言葉は短い。予想通りの展開だ。

だがここからが、ネロリの予想と大いに違った。

エックハルトは眉間《みけん》に深い皺《しわ》を寄せたまま、しばらく何か言い淀《よど》んでいるようだった。口を開くのを拒むように奥歯を嚙《か》み締めているのが遠目にもわかる。その両隣で、アルマンもティエンも顔を俯《うつむ》けたまま一向に動かない。

これは本当に何事かと居並ぶ面々に視線を走らせていると、ようやく気持ちの整理がついたのか、エックハルトは深々とした溜息と共に喉《のど》から言葉を押し出した。

「王位継承者は――……ネロリ様。貴方《あなた》です」

「そ………、えっ？」

そう、と口にしかけて、息が止まった。

さすがにすぐには声が出ない。言われた意味が理解できない。エックハルトは苦々しい顔で唇を真一文字に引き結んでいて、冗談など言っているような顔ではない。

「ちょ……それ、どういう――……」

「私から説明させていただけるのはこれだけです」

ぴしゃりと言い放ちエックハルトはネロリに背を向ける。皺ひとつない燕尾服を纏《まと》うその背からは強烈な憤怒が立ち上っているようだ。これまでヴァルト以外にまるで関心を示したことのなかったエックハルトは、本当にそれ以上の言葉もなくホールを後にしてしまう。

まだ目を丸くしたままネロリが残された二人に視線を移すと、次男フラムの専従執事であるアルマンが先に顔を上げて静かに口を開いた。

「たった今エックハルトが申したことがすべてなのですが――……」

「いや待て、あれだけの言葉で納得できるわけないだろうが！　どうして俺が王位を継承する、兄貴たちはどうした⁉」

さすがに声を荒らげたネロリに返答代わりの瞬《まばた》きを返して、アルマンは隣に立つティエンを目顔で指した。

「ヴァルト様もフラム様も、今は魔界にいらっしゃいません。詳しい説明は、ティエンからお聞きになるのが一番でしょう」

言うが早いか、アルマンはネロリの答えも待たずに慇懃《いんぎん》な礼をしてホールを出ていってしまった。

広いホールにはネロリとティエンだけが残され、ネロリはまだ呆然《ぼうぜん》とした表情のまま、ようやくティエンに顔を向けた。

最後にティエンが顔を上げる。ティエンはネロリと顔を合わせると小さく眉を寄せ、

「遅いですよ」

と、まず小言を言った。


場所をネロリの私室に移し、どこで道草を食っていたのかとしっかりティエンに叱《しか》られつつも現状の説明を受けたネロリは、大きな黒檀の机に肘《ひじ》をついて掌《てのひら》で目元を覆った。

「……信じられん」

ぼそりとネロリが呟くと、机を挟んだ向かいに立つティエンが眉を撥ね上げる。ティエンが口を開きかけたのを見て、また同じ説明をされてはかなわないとネロリはもう一方の手で緩く空気を掻《か》くように手を振った。

「いや、お前が嘘《うそ》を言ってるなんて思ってるわけじゃなく……あの兄貴たちがそんなうかつなことをするのが信じられなかっただけだ」

「……うかつと申しますか、ヴァルト様に関しては不幸な事故のようなものかと」

控え目に差し挟まれるティエンのコメントに、そうかもね、とネロリも小さく頷《うなず》く。

それでもやっぱり信じ難い。長男のヴァルトが、なんの変哲もない人間の手で人間界に召喚され、挙げ句一生その人間の側《そば》にいる契約を結ぶことになったなんて。

「ていうかその人間って本当にただの人間？　兄貴を呼び出す魔法陣なんてどうやって知ったわけ……？」

「ごく一般の人間のようです。随分昔、ヴァルト様が修行と称して人間界へ行かれた際、人間界に残った魔法陣を当時の人々が書物に書き記していたそうです。今回ヴァルト様を召喚した者はたまたまそれを発見し、遊び半分で召喚してみたらできてしまった、という経緯のようですが」

「そこまでは事故だったとしても、その人間の側に一生いるなんて契約結んだのはやっぱりうかつとしか言いようがないだろ……」

私の口からはなんとも、とティエンは上手いこと言葉を濁す。

しかしさらにうかつなのは次男のフラムだ。

「大魔王の息子が天使と駆け落ちって、本当にどうなの……？」

机に両肘をついて頭を抱えたネロリを見て、さすがにティエンも何も言えないようだ。

ヴァルトが無茶な要求を絶対的な力で押し通すのに対し、フラムは外堀から埋めて最終的にその場にいる全員を納得させるようなタイプだ。合理的で無駄がない。思考に破綻したところがまるでないと、ネロリでさえ常々感心していたのに。

「駆け落ちだけでも大事件なのに相手が天使って……何があったよ――……」

「こちらは正直なところ、本当に経緯がよくわかりません。フラム様も相手の天使も、周囲の目を忍んで逢瀬《おうせ》を重ねていたようですから」

当たり前だ、とネロリは机に向かって吐き捨てる。本来なら、敵対する天使と一緒にいるところを見られただけでも大騒動なのだ。それをまさか悪魔と天使が手に手を取って駆け落ちとは。

フラムはもう魔界に戻ってくることはできないだろう。完全に、追放された形だ。

しかも間が悪いのは、こんなときに限って父である魔王の容体が急変したことだ。ここ数日で急激に魔力が衰え、明日をも知れぬ状況らしい。魔王が息子たちに王位を譲らぬまま崩御してしまったら、王位が空席になってしまう。そうなれば、無人の玉座を巡り魔界で大規模なクーデターが勃発《ぼっぱつ》するのは火を見るよりも明らかだった。

以上の理由が重なって、このたび第三王位継承者であるはずのネロリが王位を継ぐことになったらしい。

しばらく頭を抱えて項垂《うなだ》れていたネロリだが、気持ちを切り替えるように深く息を吐くと、顔を上げて目にかかる前髪をかき上げた。

「どう考えても俺、魔王って柄じゃないでしょ。俺が魔王になったところでやっぱりクーデターが起きそうなもんだけど」

「大魔王様の魔力をすべてネロリ様が引き継がれれば、クーデターの起こしようがないでしょう」

まぁねぇ、と一応は同意するものの、やはりネロリは浮かない顔だ。

魔王の魔力は絶大だ。広大な魔界すべてを消滅させうる力をうつ。魔王を攻撃するということは己の身を滅ぼすことはもちろん、魔界すべてを破壊されかねないという事態も含んでおり、魔王に造反しようとする者がいたとしても、大概周りの悪魔たちに潰《つぶ》される。

「でもねー……三男坊の俺が魔王とか、誰《だれ》が想像したよ……」

ただでさえ城の中のことは上の兄二人に任せ、城はおろか魔界に寄りつくことすらしなかった自分が魔王になれば、非難や謗《そし》りは免れない。実際エックハルトは露骨に憤懣やる方ない顔をしていたし、アルマンだって内心面白くはないだろう。

指の先で髪を弄《もてあそ》びながらネロリがもう何度目になるかわからない溜息をつくと、向かいに立つティエンがごく小さな声で呟いた。

「……少なくとも私は、ネロリ様が王位を継がれるお姿をずっと想像していましたが」

指先で髪を梳《す》きかけた格好のままネロリが動きを止める。

ティエンは目を伏せ、それ以上の言葉もなく黙り込む。陶器のように白く滑らかな頬《ほお》に、長い睫《まつげ》が影を落とす。世辞でも追従でもなく本気でティエンがそう言っていることは、生真面目《きまじめ》な表情と力みすぎていない声音からも明らかだ。

「雑事を全部お前に押しつけた上に、滅多に城に戻らない主人相手に、よく言うね」

からかうような口調で言うとティエンの真っ白な頬に赤味が差し、俄《にわ》かに強い視線で睨みつけられた。

「自覚があるならいい加減腰を落ち着けてください！　雑事といっても王族に関《かか》わる重要な事柄が多いんです、それを任される私の身にも――……っ……」

「わかってるって、いつもお前には本当に世話になってる。ありがとう」

ここぞとばかりお説教が始まりそうになったのをすんでのところで押しとどめる。それでも言い足りないのかティエンの口元がうずうずしていたので、ネロリはニコリと笑ってティエンに手招きをした。

「ティエン、こっちおいで」

急に優しくなったネロリの声に、ティエンが警戒を露《あら》わにした顔つきになる。妙に人当たりがよくなるとき、ネロリがろくでもないことを考えていることを長いつき合いの中で理解しているのだ。

ティエンが動き出そうとしないので、ネロリは身軽に椅子《いす》から立ち上がると自らティエンに歩み寄った。大股《おおまた》で三歩、ティエンが後ずさりするより先に腕を伸ばし、その体を胸に抱き寄せる。

腕の中で、ティエンの小さな体が嘘みたいに固くなった。

「感謝の言葉もないくらいだ。せめて態度で示さないと」

「こっ、これが感謝の態度ですか！」

ネロリに抱き竦《すく》められ、その胸に顔を埋《うず》めたティエンがくぐもった声で叫ぶ。なんとかネロリの体を押しのけようとするが、体格の差は歴然でまるで相手にならない。こうして立つとネロリの顎《あご》がティエンの頭のてっぺんに易々《やすやす》と乗ってしまうほどティエンは小柄だ。

腕の中で大暴れするティエンを機嫌よく両腕で封じ込め、ネロリは楽し気な口調で言う。

「そうか、これじゃ足りないか。だったらもう少しサービスしよう」

「誰がそんなことを言いました！　今はふざけている場合ではないでしょう！」

「久々に会えたのにつれないなぁ。ティエンに会えてこっちはこんなに嬉《うれ》しいのに」

「…っ…心にもないことをおっしゃらないでください……！」

真上から見下ろすティエンの耳が赤く染まる。本当なのに、と少し声に甘さを足して言ってやるとますます赤くなった。

相変わらず、自分に対する慕情を隠そうとして、でもまったく隠せていないティエンが微《ほほ》笑《え》ましいやら可愛《かわい》いやらで、ネロリは笑いを嚙み殺した。

「今回はちょっと長く城を空けたからね、俺がいなくて淋《さみ》しかった？」

「ですから……っ、今城内は本当に大騒ぎなのです！　事情の説明は終わりましたから早く大魔王様のところへ……！」

動揺しつつも伝えるべきところはきちんと伝える辺り立派だ。執事の鑑《かがみ》だな、と感心しながら、ティエンを抱きしめる腕を緩めてやる。

ティエンはすぐさまネロリの胸に両手をついて距離を開けようとしたが、すぐに解放してやるつもりもなくネロリはティエンの頬を両手で包んだ。

少々強引に上向かせて顔を寄せると、大きく目を見開いたティエンが息を飲んだ。頬の赤みが一層増す。笑い出しそうになるのを堪《こら》えてさらに顔を近づけると、真下から容赦のない掌底が飛んできた。

とっさに上体を反らして攻撃を避《よ》けると、続けざまにティエンの怒声が追ってきた。

「何を考えているんです！　貴方のような高貴な方が、軽々しくそのようなことはしないでください！」

ティエンは後ろに飛びすさりながら、薄い布の手袋をつけた手で自分の口元を覆う。その反応に、ネロリは不満気に唇を尖らせた。

「いいじゃない、キスのひとつやふたつ」

「よくありません！　高位の悪魔が目下の者に唇を許すなど……恥を知りなさい！」

目下の自覚がありながら平気で「恥を知れ」などと言い放つティエンは無鉄砲だが見ていて気持ちがよく、ネロリは声を上げて笑った。

悪魔の世界では、キスに対して少し特殊な見解がある。強い魔力を持つ高位の悪魔が魔力の乏しい下位の悪魔にキスをすることは極めて屈辱的な行為だという見解だ。

だから自分より魔力の劣る相手に唇を許すことは、相手に対して絶対服従を誓うのと同等の意味を持つ。高位の悪魔にとって誰かとキスをするということは、その相手に身も心もすべて明け渡し忠誠を誓う契約に近い。

（まぁ、本当はそれだけじゃないんだけど）

別の理由は、あまり多くの悪魔の知るところではない。当然ティエンも知らないだろう。もしも知っていたらもっと怒られたんだろうと思いながらもう一度ティエンに手を伸ばそうとすると、今度はその手を容赦なく掌で叩《たた》き落とされた。

「早く大魔王様にご挨拶《あいさつ》をしに行ってきてください！」

「帰ってきたら今の続き……」

「しません！　早く！」

まだ言葉の終わらぬうちに拒否され、ネロリは唇を尖らせながらも廊下に向かう。

廊下に続く扉を開け最後にもう一度室内を振り返ると、ティエンはまだ普段の澄ました顔を取り繕えぬ様子で耳の端まで赤くしている。

とりあえず投げキッスを送ってから戸を閉めた。

扉が閉まった瞬間、分厚い扉の向こうからティエンの怒ったような声が微《かす》かに漏れ聞こえてきて、ネロリは忍び笑いを漏らしながら長い廊下を歩き始めた。

基本的に、魔王はいつも城の地下にいる。魔王との面会を求めて城へやってくる悪魔と会

うとき謁見の間に現れる以外は、地下にある魔王専用の私室にいることがほとんどだ。

螺旋《らせん》を描く石の階段を下りていくと、狭い空間にカツカツと足音が響く。壁際に等間隔で掲げられたろうそくの明かりを頼りに階段を下り切ると、狭い通路が一直線に続いている。向こうから来る者と半身になってどうにかすれ違える程度の広さしかない通路を抜けると小さな鉄の扉が現れ、そこを開けると五メートル四方の何もない部屋に辿《たど》り着く。

壁も床も天井も磨き上げられた黒い石で覆われた部屋は、窓もなければ入口以外の扉もない。調度品も何もなく、一見すると行き止まりのようだ。だがよく見ると、入口に立って右手側の角と、対角線上にある左奥の角に魔法陣が描かれている。

自分はあの魔法陣を使ったことはないが、もしかすると兄のヴァルトとフラムは使ったのだろうか。考えつつも部屋の中心にやってきたネロリは、その場で声を張り上げた。

「親父ー、まだ生きてるかー?」

間延びした声が部屋中で幾重にも反響する。

殷々《いんいん》と響いた声が完全に消えると、静寂の後、正面の壁がぐにゃりと歪《ゆが》んだ。

ネロリの目の高さの辺りに一点小さな穴が開き、ゴムの壁でも押し広げるようにその穴が大きくなって、やがて人ひとりなんとかくぐり抜けられるほどの穴が現れる。

壁に開いた穴をくぐり抜けると、そこが魔王の私室だ。

ネロリが無言で穴を踏み越えて隣室に入ると、すぐに背後の穴が閉じた。ネロリの他《ほか》に地下へやってきた者がいないのは承知しているだろうに、用心深いのは相変わらずのようだ。

隣の部屋の倍はあるだろう室内には、豪奢《ごうしゃ》な調度品が所狭しと並んでいた。

天井のシャンデリアには宝石があしらわれ、猫足のソファーやテーブルは金箔《きんぱく》が張られ、壁際には水晶でできた美しい女性の像や黄金の盾が無造作に並べられている。

シャンデリアにろうそくの炎は灯《とも》されておらず、室内はひっそりと暗い。とはいえ光源などなくとも悪魔は十分に夜目が利く。ネロリは軽く目を眇めて部屋の中央に視線を向けた。

絢爛《けんらん》豪華な部屋の真ん中には、大きな闇がわだかまっていた。

ネロリは表情もなくその闇を見詰める。液体とも気体とも言い難い、ただ真っ黒な何かがそこに蠢いている。闇の奥からは長い坑道の奥から吹く風のような、低く不穏な息遣いが聞こえてきた。

『……ネロリか』

しばらく闇を見詰め続けていると、その向こうからくぐもった声が響いた。

最後に耳にしたときはもう少ししっかりしていたのに、と思いながらネロリは頷く。目の前にわだかまる闇は、最早《もはや》人の姿も、悪魔本来の姿すら保てなくなった父そのものだ。

「今にも溶けてなくなりそうだね」

無感動にネロリが呟くと、闇の向こうから風が吹いた。魔王が笑ったのかもしれない。

「早いとこ王位継承しといた方がいいんじゃないの？　俺でよければの話だけど」

『……いいのか？』

窺《うかが》うような魔王の声に、ネロリは軽く肩を竦める。

「仕方ないでしょ、兄貴たち二人とも魔界にいないんだから。親父こそ、俺なんかが王位を継ぐことに異論はないわけ？」

室内に、泥が沸騰するような音がした。喉の奥で低く笑う声と聞こえなくもない。

『お前も上の兄も、変わらず私の息子だ。三人のうち誰であろうと、息子に王位を譲れるならそれで構わんよ』

「まるで人間みたいな言い種《ぐさ》だ」

『長く生きすぎると、悪魔も人並みに愚かになるようだ』

そうみたいだね、とネロリは否定もしない。

魔王の声は部屋の中心にある闇の向こうから響いてくるのだろうが、室内に反響してしまって正確な音の出所がよくわからない。すっかり存在自体が拡散しつつある。

『ネロリ、手を出しなさい』

魔王に命じられ、言われるままにネロリは掌を上にして右手を前に突き出す。すると手の上にずしりと重みが加わり、次いでその場に二本の腕輪が現れた。

幅の広い金の腕輪は装飾の少ないシンプルなもので、中央に大きな石が埋め込まれている。片方の腕輪は黒い石、もう一方は無色透明なクリスタルだ。

『本気で王位を継承する気があるのなら、その腕輪をそれぞれ両手に嵌《は》めなさい。一方は丸六日かけてお前の体からすべての魔力を吸い取る腕輪。もう一方は七日目に、魔力が空っぽになったお前の体に私の魔力を注ぎ込む腕輪だ』

「ああ……本当にそうやって継承するんだ。冗談かと思ってた」

呆《あき》れたように呟いて、ネロリは二本の腕輪を目の高さまで持ち上げた。

初めてこの話を聞いたのは百年ほど前だったか。魔王の弱体化が始まった頃だ。この部屋に長男のヴァルトと次男のフラム、それから自分が呼ばれて今と同じ話をされた。

魔王の魔力をより純粋に受け継ぐために一度自分の魔力を空っぽにしなければいけないというのは、理屈はわかるが非現実的だと思った。仮にも魔王の血を引く自分たちが持つ無尽蔵の魔力を、どうやって空にするのか想像もつかなかったからだ。

それに、一時ではあるが極限まで魔力が落ちるというのも不安な話だ。王位を狙《ねら》う別の誰かに攻撃を仕掛けられたらひとたまりもない。

そうならないために魔王は息子たち三人だけをこの私室に呼び寄せ、秘密裏に継承の方法を教えたのだろうが。

「……兄貴たちだったら城の奴らがフォローしてくれたかもしれないけど、俺の場合、七日ももたずに誰かに殺されるかもよ？」

『そうならないよう、重々気をつけなさい』

簡単に言ってくれる、と苦笑して、ネロリは躊躇《ちゆうちよ》なくその場で腕輪を腕に嵌めた。腕に通した瞬間はゆるゆると空回るほど大きかった腕輪が、ネロリの腕に吸いつくように一瞬で縮んだ。上下に腕を振ってみてもまるで動かない。

さすがにこんなにもためらいなくネロリが腕輪を嵌めるとは思っていなかったのか、魔王の声にわずかな驚きがにじむ。

『……よかったのか？　こんな場所で、誰にも報告しないまま……』

「まぁ、しょうがないよね。兄貴たちはいないし親父は今にも死にそうだし。それに、いつ腕輪をつけたのか誰かにばれるのはあんまり賢くない」

日を追うごとに魔力が減少していくのがばれるのは仕方ないとしても、日数から逆算してどの程度減っているのか悟られるのは困る。

「それより、七日終わる前に親父が死んじゃったらどうなんの。まさか俺の魔力吸い取るだけ吸い取って終わりとか……」

『いや、私が死んだらその瞬間に腕輪が私のすべての力を吸収する。お前の体から魔力がすっかり抜けるのを待って、残らずお前に継承される』

「じゃあ七日経《た》たないうちに俺が死んだら？」

『そんなつまらんことを考えてどうする』

笑いを含んだ声で問い返され、それもそうだとネロリも笑う。自分が死ねば現魔王の魔力は誰にも継承されず、自分以外の新しい魔王が生まれるだけの話だ。それ以上の想像も空想も広がらない。

右腕に二本目の腕輪をつける。透明なクリスタルのついた腕輪は、ネロリの腕に巻きついた途端、一瞬で石が乳白色に変化した。

『今お前が右腕につけた腕輪が、お前の体から魔力を吸い取る。一日が経過すると石の色が変わるから、気をつけておきなさい』

「時計代わりにもなってるんだ。ちなみに、これつけてる間は城から離れない方がいいとかそういう規制は？」

『魔界ならば、どこにいても腕輪は有効だ。だが、人間界ではその腕輪は機能しない』

「人間界に身を隠すわけにはいかないってことか……」

できれば人口密度が高く雑多な人の世界にまぎれ込んでしまうのが一番安全だと思ったのだが、そう簡単にはいかないらしい。

「まぁ、やれるだけやってみる」

話はこれまでとばかりネロリが踵《きびす》を返そうとすると、魔王が低くくぐもった声でネロリを呼んだ。

『ネロリ、お前たち三兄弟のうち二人が魔界を離れている以上、もうこの部屋が外から開けられることは二度とないだろう』

半身を魔王に向けたまま、そうだろうねとネロリは頷く。部屋の中心では、黒い靄《もや》のような、泥のような、ぼんやりとした闇がひっそりとわだかまっている。

『私の棺《ひつぎ》はこの部屋だ。それ以上の何もしなくていい』

葬儀などは一切不要ということらしい。

ネロリは部屋の中心をじっと見てから、すぐに目元に華やかな笑みを浮かべた。

「わかってるよ。悪魔が葬儀なんて意味ないしね。天に召されるわけもない」

『それはそうだが、形式にうるさいエックハルトがまた何か言うのではないかと思ってな』

「俺が魔王になったら言わせないよ」

ひらりと手を振って今度こそ魔王に背を向ける。目の前の壁に、先程と同じように小さな穴が開き、ぐにゃりと伸び広がって出口が出現する。

出口をくぐり抜け、隣の真っ黒な正方形の部屋に戻ると背後から魔王の声が追ってきた。

『健闘を祈るよ、ネロリ』

とっさに振り返ったが、そこにはただ艶やかに光る黒い壁があるばかりだ。

しばらく目の前の壁を見詰めてから、ネロリは両手に嵌めた腕輪に視線を移した。正直、面倒なことになったとは思ったが、仕方がない。

次男のフラムはともかく、長男のヴァルトはまたこの魔界に戻ってくる可能性がある。テイエンの話では、ヴァルトを召喚した人間の側に一生いなければいけない契約をしたそうだが、呼び出した側の人間の一生ならば、ほんの五十年ほどでけりはつくだろう。

ヴァルトが魔界に戻ったとき、もしもネロリが王位を継承しておらず魔王の力は消滅して、その上まるで知らない悪魔が魔王を名乗っていたら、きっとヴァルトは激昂《げっこう》する。お前は一体何をしていたんだと詰問され、決して無傷ではいられないだろう。

（兄貴に命を狙われるのは正直ごめんだなぁ……楽に死なせてくれるとも思えないし）

ヴァルトの暴君振りを思い出してひとつ身震いすると、ネロリは肘の辺りまで捲《まく》り上げていたセーターの袖《そで》をそっと手首まで下げて腕輪を隠したのだった。


王位継承の必須アイテムである腕輪を受け取った翌日、ネロリはエックハルト、アルマン、ティエンの三人を私室に呼び寄せ、魔王から王位継承の承認を受けたことを伝えた。

ネロリが王位継承権を放棄することを少しは望んでいたのか、エックハルトは憤怒で顔を赤くし、アルマンは無表情でモノクルの奥の目を伏せ、ティエンは歓喜に顔を輝かせた。

三者三様の表情を浮かべる執事たちを机越しに興味深く眺めながら、ネロリは椅子に腰かけたまま小首を傾げる。

「十日後には、正式に王位を継承したことを魔界全土に発表しようと思う。即位式……っていっても、親父は地下からもう出てこられないだろうから、俺が城の周りに集まった奴らに笑顔で手を振るくらいしかできないけど」

「で、ではすぐにお支度を！　式にふさわしい衣装も手配しなければなりませんし……！」

待ちきれず一歩前に足を踏み出したティエンを、エックハルトが咳払《せきばら》いで押しとどめた。

こめかみに青筋を立てたエックハルトは、それでも普段の調子を装おうと深く息を吸い込む。

「魔界全土に新しい王の誕生を知らせる前に、七公爵の皆様にご報告をするのが筋でしょう」

ああ、とネロリは深く椅子に沈み込む。

この魔界は、大魔王の支配下にある七十八のエリアに分かれている。それぞれのエリアは大魔王の命により七十八名の悪魔たちによって治められているのだか、その中でも抜きん出て魔力の大きな七名の悪魔たちには公爵の称号が授けられている。その七名を指して、七公爵と呼ぶのだ。

「それ、事前にやんないと駄目？」

椅子の背凭《せもた》れの真ん中くらいまで頭を下ろしたネロリが上目遣いに尋ねると、当たり前ですとエックハルトは厳しい口調で言い返した。

「明日には七公爵の皆様をお城にお呼びいたしますのでそのおつもりで」

「え、ちょっと急すぎんじゃないの？」

慌てて椅子に座り直したネロリを見下ろし、エックハルトは目を眇める。

「新しい王が誕生するのです。それくらい当然でしょう。……ときにネロリ様、七公爵様たちのお名前は、当然すべて覚えておいでですでしょうね？」

ネロリは短く沈黙する。七公爵は魔界においては重要な悪魔たちなのだろうが、何分ネロリは魔界にあまり長居をしない。城の事情にも疎いし、七名すべてを覚えているかと問われると正直自信がなかった。

とりあえず、わかる範囲で答えてみる。

「まず、クライブだろ。あと、ギルベルト……それから、サーシャ……？」

後半、どんどん声が小さくなる。

クライブは七公爵の中でも最も魔力が高く、また魔王にも気に入られていた悪魔で、ついでに言うならネロリの親友でもある。クライブの方は単なる知人だと言い張るが、なんだかんだとつき合いは長い。

ギルベルトはその次につける魔力の持ち主で、長男のヴァルトに一目置かれていた人物だ。

サーシャは三番手といったところで、次男のフラムと仲がよかった。

だが名前が出てきたのはそこまでで、ネロリはそっとエックハルトの隣に立つティエンに助けを求めて視線を送る。だが、視線に気づいたエックハルトが口止めするようにティエンを睨みつけ、ティエンは肩を竦めて小さく首を横に振るのが精一杯だったようだ。

仕方なく、ネロリは早々に両手を上げた。

「それくらいしか覚えてない」

「なんとまぁ！　ヴァルト様は七公爵の皆様はもちろん、魔界を治める七十八名の悪魔すべての名を覚えていらっしゃったのに！」

エックハルトは大袈裟《おおげさ》な声を上げ、信じられないとばかり天を仰ぐ。

このぐらいの嫌味だったら軽く聞き流してやろうと気楽に構えていたネロリだが、ことはそう簡単に済まなかった。

「この調子ではとても次期魔王として七公爵の皆様とお会いになっていただくわけにはまいりません！　多少なりともお勉強していただきます」

ぎょっとしてネロリは机についていた肘を滑らせそうになった。ネロリが目を丸くしている間に、エックハルトはてきぱきとティエンたちに指示を飛ばす。

「すぐに執務室を片づけておきなさい。それから魔界史の資料を図書室から取ってくるように。七十八名の悪魔たちの絵写真などが載っている資料もあればそちらも」

「ちょ……待て待て待て！　七公爵たちが来るのは明日なんだろ⁉　そんな短期間で何ができるっていうんだよ！　せめて七公爵たちとの謁見を先に延ばすとか――……」

ネロリの言葉も虚《むな》しく、エックハルトとアルマンは早々にネロリの私室から出ていってしまう。後に残ったティエンに、ネロリは呻《うめ》くような声で言った。

「……ティエン……ちょっとは俺に加勢してくれても……」

「七公爵様たちのお名前を言えないようでは、私も加勢のしようがありません」

ぴしゃりと言い切られて恨めしい視線を向けると、ティエンは少し困った顔で言い添えた。

「……私もできる限り、サポートしますから」

とにかく今はやるしかないと目顔で促される。

ネロリはセーターの袖に隠れた両手の腕輪に視線を落とした。確かに、この腕輪を嵌めてしまった以上、もう覚悟するしかないのも事実だ。あつらえたようにぴたりと手首に巻きついた腕輪は、どんなに力を入れたところで魔王の魔力を完全に継承するまでは抜けないのだから。

「……じゃあ、せめて全部終わったら慰めてよ」

最初からエックハルトたちにコテンパンにやり込められるのを覚悟して、ネロリは足取りも重く私室を出た。その後を、気遣わし気にティエンもついてくる。

そうやって覚悟をしたつもりのネロリだったが、実際にエックハルトたちの勉強とやらが始まると早々に音を上げそうになった。

分厚い辞書のような書物数十冊に亘《わた》る魔界史を延々講釈されるのも苦痛なら、嫌味混じりに魔界を治める七十八名の悪魔たちの名を挙げさせられるのも耐え難い。

「最南端を治める悪魔の名前はなんでしたかな？」「なぜこの程度のことも覚えていらっし

ゃらないのです！」「ヴァルト様はそれはそれは飲み込みが早くていらっしゃったのに」「それは先程お教えしましたでしょう、何度言わせれば気が済むのです！」

こんな調子でさんざんエックハルトにどやしつけられるのだから気が遠くなる。

おまけに、魔界史だの公爵の名前ぐらいならまだしも、それが魔王となんの関係があるのかと思われることにまで勉強とやらは及ぶ。

「ではネロリ様、この城の応接間の窓際にある壺《つぼ》を魔力で出現させてくださいませ」

講師がエックハルトからアルマンに移り、少しはまともになるかと思ったら初っ端《しょぱな》からこの言い種だ。

「……何、壺くらいいくらでも出せるけど、応接間の壺限定なの？」

「さようでございます。さぁ、どうぞ」

「…………覚えてるわけないんだけど？」

小さなテーブルを挟んで向かい合わせに座るネロリが眉根を寄せてみても、アルマンは何も言わない。ただジッとネロリが壺を出すのを待っている。傍らではエックハルトとティエンがつきっきりでその様子を見ていて、仕方なく、ネロリは椅子の肘かけに頬杖《ほおづえ》をついたまま、もう一方の手で指を鳴らした。

指を弾《はじ》く音が部屋の中に拡散する前に、机の上にパッと白磁の壺が現れる。優雅な曲線を描く、胴の部分に二つ取っ手がついた壺だ。

ネロリはごく簡単にやってのけたが、こうして何もないところに物体を出現させるのはかなり高度な魔力を要する。てっきりネロリにそれだけの魔力があるか確かめるためにこんな要求をしてきたのかと思ったが、アルマンはテーブルの上の壺を手に取り、左見右見《とみこうみ》してからゆっくりと首を横に振った。

「まったく違います。応接間の窓際にあるのは黄金色の壺で、取っ手はありません」

「……それは魔王になるためにどうしても知っておかなくちゃいけないことなの？」

「知っていて当然のことと申しましょうか。魔王様ともなれば、この城の中のことだけでなく、魔界のすべてを把握しておりませんと。少なくともフラム様はこの城のことならなんでもご存じでしたし、七公爵様たちがお持ちのお皿の柄まで熟知していらっしゃいました」

アルマンの後ろでエックハルトもそのくらい当然だという顔をしていて、ネロリは頭が痛くなってきた。

（そんな凄《すご》くどうでもいい情報まで覚えなくちゃいけないなら、俺本当に魔王とか今すぐやめたい……）

こんな時期に魔界を離れてしまった兄二人が恨めしい。もしかすると二人とも本当は自分と同じく魔王になんてなりたくもなかったのではないかと疑いたくなってくる。

ネロリが低く唸《うな》って目頭を押さえていると、テーブルの上にひらりと一枚の紙が置かれた。目を上げると、ティエンが控え目にそれを自分の前に押し出してくる。手に取った紙には、アルファベットと数字の羅列が並んでいた。

一瞬、チェスの棋譜かと思ったが違った。チェス盤は八×八の六十四マスからなり、棋譜は縦の動きを一から八の数字で、横の動きをaからhのアルファベットで表現する。例えば、盤上の左下角を『a1』と表現するように。

だがこの紙に書かれているのは、アルファベットはaからdまで。数字は一から百三十までである。チェス盤だとしたら、相当に細く長い。

「……何これ?」

紙を指先で挟んでティエンを見上げる。だがティエンはそれに答えず、逆にこんな質問をしてきた。

「魔王様の控室から謁見の間の玉座に至る通路をご存じですか?」

「知らない、そんなもんあったの?」

「その通路は、床が白と黒のチェックになっております。ちょうどチェスの盤のように」

そこまで言われてピンときて、ネロリは思わず顔を顰《しか》めた。

「……もしかして、縦四列、横百三十行のマス目になってるとか?」

「お察しのよろしいことで」

「それでまさか、控室から玉座まで、この棋譜みたいなのに書いてある通りに歩いていかなくちゃいけないとか……?」

その通りです、と生真面目にティエンが頷いて、ネロリは目の前の紙を破り捨てたくなった。さすがに我慢も限界で、声を荒らげてしまうのを止められない。

「なんでそんな無意味なことをして玉座に行かないといけない⁉　一歩足を踏み出す場所を間違えると落とし穴でも開くのか？　だったら俺は飛んでいくぞ！」

「いえ、手順通りに玉座まで行かないと、玉座に座ることができません。玉座には常に結界が張られていて、控室からそこに書かれた通りに歩いて玉座まで行かないとその結界は解かれないのです」

「だからなんでそんな面倒臭いことを……！」

「畏《おそ》れ多くも、その発端はネロリ様にございます」

必死でネロリを宥《なだ》めようとしていたティエンの横で、しれっとした口調でエックハルトが言う。なんのことかと眉根を寄せたネロリを見下ろし、このときばかりは面白そうな顔でエックハルトは告げた。

「以前、ネロリ様が魔王様にお断りもなく玉座でおくつろぎあそばしていらっしゃったのを見て、ヴァルト様がネロリ様をお叱りになりましたでしょう。それでもネロリ様がその場をどかれないので、見かねた魔王様がご自分以外玉座に座ることのできぬよう、そのような仕掛けをお作りになったのです」

自業自得でございます、とエックハルトが笑い、ネロリは腹立ちまぎれに手にしていた棋譜のような紙を机の上に投げ出した。

「だったら俺が玉座に座らなければいいだけの話だろう」

「謁見の間に七公爵様たちを呼び寄せておいて、玉座の横に立ったままお話をされるのですか？　そんなことでは誰もネロリ様を次期魔王とは認めてくださいませんよ」

ネロリはひとつ低く唸る。確かに、高位の悪魔たちはやたらと形式に拘《こだわ》りたがる。玉座に座らないというのはいかにも格好がつかないし、できれば七公爵たちに必要以上の不信感は抱かせたくない。

「……だったらこの棋譜を見ながら歩いていけばいいんだろう」

諦《あきら》めてそう言うと、今度はアルマンから待ったがかかった。

「一歩通路に足を踏み入れたら、一定の時間内に玉座まで行かなければ謁見の間に至る扉は開かれません。とてもではありませんが、ひとつひとつ目で拾って確認していては間に合わないかと」

もう一息で、ネロリは悲鳴を上げそうになった。自業自得とはいえ、こんなに凝った仕掛けを作り上げる魔王もどうかしている。

どうあっても棋譜は暗記するしかないらしいと悟ってネロリが項垂れたところでアルマンが椅子から立ち上がった。

「では、明日までどうぞお勉強にお励みください」

「我々も明日の支度がありますので、失礼いたします」

エックハルトも慇懃に礼をすると、二人揃《そろ》って執務室から出ていってしまった。

ネロリは渋い顔のまま、棋譜のようなアルファベットと数字の並んだ紙を目の前に掲げる。四列百三十行とはいえ、ざっと目で追う限り順調に前に進むばかりではないようだ。横に跳んだり後ろに戻ったり、一度踏んだ場所をもう一度踏んだり行きつ戻りつして、実際は二百近い記号が記されている。

「……明日までに覚えろって、無理だろ……？」

力なく呟いてテーブルに紙を戻すと、同時にティエンがネロリの傍らに立った。そして分厚いノートのようなものを取り出して、ぱらぱらとページをめくる。

「とにかくやれるだけやってみましょう。まずは七公爵様たちの名前を覚えるところから始めて、次は七公爵様を除く七十八の土地を治める悪魔の名前を覚えていただきます」

「覚えていただきますって……ティエンは覚えてんの？　七十八人も」

「当然です」

使い込まれたノートをめくりながら即答したティエンに、ネロリは軽く目を見開いた。

「覚えてる？　なんで？」

ページをめくるティエンの手が止まった。尋ねられた意味がわからなかったのか、なんでとは？　と問い返されてネロリは目を瞬《しばた》かせた。

「いや、だってエックハルトとかアルマンが覚えてるのはわかるけど……兄貴たちは次期魔王候補だったわけだし、兄貴たちに仕えてるあいつらも覚えてて当然だけど、でもお前は」

「ネロリ様も次期魔王候補でしたでしょう」

言葉尻《じり》を奪うようにぴしゃりと言い切られ、ネロリは口を噤《つぐ》む。

ティエンの言葉はもっともだ。ネロリだって第三王位継承者であることは間違いない。けれど、自分が王位を継ぐなど一体誰が予想していただろう。ただでさえ上には優秀な兄が二人もいて、その上ネロリは滅多に魔界に寄りつかず方々《ほう》で遊び呆けてばかりいた。

それなのに。

「……もしかして、俺が魔王になるかもしれないって信じてた？」

体をひねり、肘かけに両手を乗せて右隣に立つティエンを仰ぎ見る。するとティエンは眉間にくっきりとした皺を刻んで、無言のまま大きく息を吸い込んだ。薄い胸が膨らんで、後はもう、耳を塞《ふさ》ぐ間もなく上からティエンの怒声が降ってくる。

「当たり前です！　貴方にだって王位継承権はあるのですから！　どうしてご自分が一番信じられないような顔でそんなことをおっしゃるのです！」

「いや、だって、俺ほとんど城にも魔界にもいなかったし、兄貴たちみたいに悪魔の名前も覚えてなければ城の中の調度品とか、玉座に座る手順も知らなかったし」

「長く城を離れていたネロリ様が城のしきたりをご存じないのは当然です」

ネロリの言葉を撥《は》ねのけるように強い口調で言って、ティエンは開いたノートに視線を落とすと、ジッと一点を見詰めて口を噤んだ。

どうやらノートの隙間《すきま》に何か挟んであるらしい。ページの隙間から銀のリボンが見え隠れして、でもそれは一瞬で見えなくなる。なんだろう、と首を伸ばして目を凝らそうとしたらティエンがこちらを見て、一直線に視線が交差する。

「でも代わりにネロリ様は、皆が行ったこともないような世界や、会ったこともない生き物を見ていらっしゃる。たくさんの人々の声を聞き、言葉を交わして、こうしてここに戻ってこられた」

ネロリの瞳を見据えたティエンは、迷いのない、本当に美しい顔をして言った。

「この魔界の誰よりも広いその知識と視野は、貴重な王の素養だと私は思います」

ネロリはなんだか、暗闇を裂く雷でも見せつけられた気分で瞬きをする。

きっと魔界中の誰一人として、第三王位継承者で身持ちの悪い自分が王位を継ぐことなんて予想していなかったはずだ。自分自身、そんなつもりはまるでなかった。柄ではないと思ったし、魔王になるべく素質もないと思っていた。

けれどティエンは、もしかするとこの魔界でたったひとりネロリに魔王の資質を見出し、ネロリが魔王になることを信じた人物なのかもしれない。

ネロリはティエンの青みがかった灰色の瞳をじっと見上げる。ティエンは目を逸《そ》らさない。

嘘偽りなく、ネロリこそ魔王になるべきだと信じている。

そうやってかなり長いこと見つめ合ってから、ティエンはふと我に返ったような顔になってぎこちなくネロリから視線を逸らした。今更自分の言葉に照れているようだ。

「ネ、ネロリ様も、いろいろなことにもう少し真剣に取り組んでください！　ただ面倒臭がってやりたがらないだけで、本当はヴァルト様やフラム様に劣らぬくらいなんだってできるはずなのですから」

「なんだって、はさすがに言いすぎだろう」

苦笑混じりでネロリが訂正すると、ティエンは眉間に深い皺を刻んでしまった。

「言いすぎだとは思いません！　少なくとも、エックハルト様たちがおっしゃるほどネロリ様が兄上様たちとかけ離れているなんて私は決して思いません。それどころか、兄上様の持ち得ないものすら持っていらっしゃるのに、それなのに――……」

途中、声に微かな潤みがにじんだ。見上げると、ティエンの目元にうっすらと涙が浮かんでいる。表情は悔し気で、どうやら自分の見ていない場所でエックハルトたちはさんざんに自分のことを貶《けな》しているらしい。

そんなことに悔し涙を浮かべるティエンに、呆れるよりも感心する。他人のためにそこまで必死になれるなんて、悪魔としては非常に稀有《けう》なことだ。

人間界に、思わず魔界にスカウトしたくなるほど冷酷非道な人間が稀《まれ》に存在するように、この魔界にも、どうしてこんな掃き溜《だ》めのような場所にこれほど純粋な者がいるのかと不思議に思うような悪魔が現れる。

ティエンはまさしくそういう人物で、エックハルトたちが自分の利益を念頭において兄を魔王にしたがるのに対し、ティエンは自分の利益など度外視でただネロリを慕い、信じている。ちっとも悪魔らしくない。

(こいつを拾ったときは、まさかこんなに顕著な結果が出るとは思ってなかったな……)

弱り顔で後ろ頭を掻いて、ネロリは大きく息を吸い込んだ。

「ティエン、この棋譜ってもう一枚あったりする?」

ネロリの声に反応して、ティエンは慌てて目元を拭《ぬぐ》うとテーブルの上に視線を落とす。その瞬間、ネロリが小さく指を鳴らしたことには気づかない。

「あります。でも、何にお使いで……?」

「いや、後で玉座に続く通路とやらに行ってみようと思って。最初はお前に棋譜読み上げてもらって、実際床の上を移動しながら覚えた方が効率いいかなって」

ようやくネロリがやる気になったと思ったのか、ティエンの表情がパッと明るくなる。

「そういうことなら大丈夫です！　棋譜ならもう暗記していますから！」

「なかなか抜かりないことで結構。じゃあ早速お勉強会といきたいところなんだけど……さすがにちょっと疲れたから、お茶の一杯も淹《い》れてもらっていい?」

わかりました！　と頷いて、ティエンはノートを小脇《こわき》に抱えていそいそと部屋を出た。

執務室にひとりになると、ネロリはジーンズのポケットから銀のリボンを取り出した。ティエンのノートに挟まっていたものだ。ティエンの意識が逸れた一瞬の間に魔力でノートの間からジーンズのポケットに移動させておいた。

ポケットから取り出したそれを改めて見て、ティエンは首を傾げる。細いリボンは長方形の紙の端に結ばれていた。紙は厚手で、かなりしっかりしている。随分大事そうにしていたわりにはただの紙切れかとクルリとそれをひっくり返し、ネロリは目を瞠《みは》った。

銀のリボンがついた厚紙は、どうやらしおりのようだ。しかも竜胆《りんどう》の押し花が貼《は》りつけてある。

釣鐘型の青い花はすっかり色褪《いろあ》せていたが、ネロリはこの花に見覚えがあった。いつだったか人間界で見つけ、竜胆、という名前が気に入って魔界に持ち帰り、軽い気持ちでティエンに手渡したのを覚えている。この花のどこが竜の胆なんだろうね、なんて笑いながら。『お土産《みやげ》』と言って一輪の花を手渡したとき、ティエンはどんな顔をしたのだったか。さほど喜んでいたようでもなかったのに、まさかこんなふうに押し花にして大事に持ち歩いてくれていたとは。

不意打ちに、ネロリはしばらく呆然としおりを見詰めたまま動けなかった。しばらくすると腹の底からくつくつと何かが湧《わ》き上がってきて、気がつけばそれは全身を包み、最後は声

を上げてネロリは笑い出した。

（もう、本当に、こういうことするからさ――……）

愚かしくも愛《いと》おしい。たまらない気分になって思う様笑い続けたネロリは、ようやく息を整えるともう一度指を鳴らし、この場から遠く離れた場所にあるティエンのノートの隙間にしおりを戻した。

膝の上に肘をつき、ネロリは指先を顎に添えて琥珀色の瞳を細める。

（ちょっと頑張ってみたくなっちゃうじゃない）

廊下の向こうから近づいてくるティエンの足音に耳を傾けながら、ネロリは機嫌よくテーブルの上の棋譜に手を伸ばしたのだった。


魔王から預かった腕輪をつけてから三日目。右腕に嵌めたネロリの魔力を吸い取る腕輪は、嵌め込まれた宝石の色が乳白色から空色へ、さらに今日になって鮮やかなコバルトブルーに変化していた。ちなみに左腕につけた腕輪の石は黒のままだ。

今のところ、まだはっきりとした体の変化は感じない。さほど魔力が減少している自覚もなかった。

(とりあえず今日は無事に乗り切って欲しいところだけど)

シャツの袖口についたカフスを留めながら、ネロリは真っ直《ます》ぐに前を見た。

目の前には長い通路が一本。両手を広げてギリギリ指の先が壁につくかどうかというくらい狭い通路には等間隔にろうそくが掲げられている。床はチェス盤のような白と黒のチェック柄で、縦は四列、横は百三十行あるはずだ。

ネロリはジッと通路の向こうに目を凝らす。遠くは薄暗くてよく見えないが、通路を抜ければ謁見の間の玉座の裏に出られる。ただし、一歩でも足取りを間違えれば玉座に腰かけることはできない。

(まぁやれるだけやってみましょう)

最後に薄い布の手袋にギュッと指を押し込むと、ネロリは革靴を履いた足で白と黒に規則正しく塗り潰された床に足を踏み出した。

最初の一歩は、左から三列目、手前に一行、棋譜の記号は『c1』。

カツ、とネロリの靴の踵《かかと》が床を踏んだ瞬間、床がうっすらと光を放った。この通路に仕掛けられたギミックが発動した証拠だ。これからジャスト三分以内に二百十歩でこの通路を抜けなければならない。一歩にかけられる時間は一秒未満。歩いていては間に合わない。

『b3』『a4』『b6』『c9』と軽快に床を踏みながら、ネロリは苦笑を禁じ得ない。

(親父、謁見のたびにこんなことして玉座まで走ってたのか)

ほとんど趣味だな、とネロリは思う。もともとギミックが好きな父親だった。城の周囲に張り巡らされた賊対策の落とし穴や自動砲撃機能つきの大砲も、魔王自ら作り上げたものだ。

（案外魔王って暇なのかね）

『d38』『a40』『c41』『d38』。一度踏み越えた床を再び踏んで、軽やかに身を翻しネロリは通路を駆け抜ける。

（……そろそろ集中しないと間違えそうだな）

狭い通路に、カツカツと靴の音だけが響く。

一歩足を踏み違えたら玉座には座れない。もう一度初めからやり直す手もあるが、謁見の間にはすでに七公爵たちが集まっている。あまり待たせるのは心証を悪くするだけだろう。何しろ彼らはネロリのことを、次期魔王と認めているのかどうかすら危うい。

（いや、端から認めてるわけもないんだろうから、こんなに必死になって玉座に座る必要もないんだけど……）

『c78』『b79』『b81』『d85』。少々長い距離も思い切り斜めに跳びながら、ネロリはティエンのことを思う。

正直なところ、この城でのティエンの扱いはあまりいいものとはいえない。

三兄弟の中で一番出来の悪い自分の専従執事であるというだけで城内の悪魔たちからは軽んじられているし、他の執事たちとは違い、ネロリが勝手に魔界の果てから連れてきたというのもティエンが軽視される理由のひとつだ。三男坊の馬鹿王子がどこかから拾ってきた素性も知れない卑しい存在と、平気で悪態をつく悪魔もいる。

ことにエックハルトやアルマンの態度は顕著だ。最初、二人はティエンが自分たちと同じ燕尾服を着ることすら嫌がった。ティエンは動きやすい服装なら燕尾服でなくてもいいと言ったが、そこはさすがにネロリが我を通した。色を黒ではなく銀色にすることで、ようやくエックハルトたちも引き下がったのだ。

ネロリの前ですらティエンを見下す態度を隠そうとしない二人だから、自分が城にいないときティエンは、もっとさんざんな扱いを受けているのだろう。けれどティエンはその事実を口にしたことも、態度から匂《にお》わせたことすらなかった。

（それでも俺を信じてるって言うんだから……）

ネロリの口元に呆れたような笑みが浮かぶ。

『a１０３』『c１０５』『b１０８』『c１１０』。そろそろ通路の終わりが近い。

時間は二分四十秒。残り二十秒を切った。頭の中で暗記した棋譜を思い返す。歩数は残り十歩を切っている。

（たまには胸を張らせてやらないとね）

薄く笑って、ネロリは大きく足を踏み出した。

謁見の間は床も壁も磨き上げた大理石が敷き詰められ、シャンデリアから落ちる光が壁や天井に跳ね返って四方に拡散するおかげで、ろうそくの光しかないとは思えないほどに明るかった。

玉座の前にはすでに七公爵たちが揃っており、全員床に膝をついている。その後ろにはエックハルトとアルマン、それからティエンの姿もあった。

アルマンは例のごとく表情の読めない顔で玉座の向こうを見詰めているが、隣のエックハルトの口元は先程からひくひくと動きっぱなしで、笑い出したいのを堪えているのが丸わかりだ。ネロリが玉座に座れず、まるで次期魔王らしくない謁見になるのを確信しているのだろう。目の奥から嬉々とした光が漏れている。

その反対隣に立つティエンは、最前からずっと強張った表情のままだ。昨日、一日がかりで様々な魔界の知識をネロリに教え込んだとはいえ、さすがに不安もあるのだろう。心配気に何度も腹の前で組んだ手を組み替えている。

七公爵たちは大人しく床の上でかしこまっているが、部屋に入ってきた当初から、あまりネロリを歓迎している様子ではなかった。ネロリが王位を継ぐこと自体、まだ信じられないという顔つきの者も多い。

様々な思惑が飛び交い、沈黙に支配されているにもかかわらず落ち着かない空気の中、ようやく玉座の後ろから靴の踵が床を蹴《け》る音が聞こえてきた。

カツカツと、乱れのない足音が近づいてくる。七公爵たちはさらに深く頭《こうべ》を垂れ、ティエンたちも深々と頭を下げた。

玉座の隣で足音が止まった。エックハルトが笑いを押し殺す。ティエンはギュッときつく目を瞑《つぶ》る。一瞬の沈黙の後。

「遅くなって悪かったね。顔上げていいよ」

魔王とは思えない軽い口調と共に、どさりと何か重い物が玉座に落ちる音がした。

七公爵たちより先に顔を上げたのはティエンたち執事の三人だ。その三人が揃って目を見開いたのを玉座の上から眺め、ネロリは満足気に目を細めた。

黄金に輝く玉座に、ネロリはしっかりと腰を下ろしていた。

通路を抜けるまで二分五十二秒。足取りは一度も間違えなかった。

息も乱さず優雅に脚を組んだネロリに促され、七公爵たちも顔を上げる。そうしてネロリを仰ぎ見た彼らもまた、わずかに瞠目《どうもく》したようだった。

ネロリはいつも、人間界で一般的に着られているジーンズやセーターを好んで身につけていた。兄のヴァルトやフラムが普段から正装で過ごしていたのとは大違いだ。兄たちには魔王の息子という自負があったのだろう。金糸銀糸が織り込まれ、細密な刺繍《ししゅう》の施された仕立てのいいジュストコールなどよく羽織っていた。

ネロリが王族にあるまじきラフな格好で辺りをふらふらと飛び回る姿は、兄たちはもちろん、同じように身なりに気を配っている七公爵たちからも大いに不評を買っていた。

それが一転、たった今玉座の上で脚を組むネロリからは、気楽にジーンズなど穿いていた姿を思い出そうとする方が難しい。

ネロリは普段からは想像もつかない、全身黒のフロックコートをがっちりと着込んでいた。タイも黒ならシャツも黒、襟や裾《すそ》にさりげなく銀の刺繍が縫い込まれている以外は目立った装飾もない。カフスやボタンも、プラチナの縁取りがある黒曜石。まるで全身闇に包まれたようないでたちで、そしてまた、それが恐ろしくネロリに似合っていた。

平時はのらりくらりと立ち回るネロリが正装で現れただけで俄かに威厳や脅威を身に纏ったものだから、エックハルトはもちろん、ティエンまで大きく目を見開いて動けずにいる。

七公爵たちも皆同じような反応だろう。ネロリはするりと瞳を細めると、前列に三人、後列に四人並んだ公爵たちに視線を滑らせた。

前列中央にいるのはクライブ。ネロリの親友で、この七公爵たちの中で最も強い力を持っている。金色の長い髪を後ろで一本にまとめ、眼鏡《めがね》の奥からさすがに驚いたような視線を向けてくる。その右隣にいるのはギルベルト。ヴァルトに一目置かれていた男だ。金髪のオールバックで、あからさまに不審の眼差《まなざ》しをネロリに向けてくる。反対の左隣にいるのは、確かサーシャだったか。肩まで伸びた黒髪はきついウェーブがかかって、こちらを見上げてくる大きな瞳は黒く潤んでいる。フラムと仲がよかったはずだが、こちらはネロリと目が合う

と、丁寧に頭を下げて視線を落としてしまった。後の四人は、それなりの魔力を持つ特筆すべきこともない悪魔たちだが、一応ネロリは全員に声をかける。

「クライブ、ギルベルト、サーシャ、リチャード、シューマン、グラハム、エンディカ。今日はわざわざ出向いてもらって悪いね。皆も承知の通り、しばらく前から兄のヴァルトとフラムが魔界を留守にしてる。おかげで俺が王位を継承することになった。不服な者も中にはいるだろうけれど、公爵たちにはこれからも変わらず王のサポートをお願いしたい」

七公爵たちの名を淀みなく言い切って、ネロリは唇に淡い笑みを刷《は》く。

途中ちらりとエックハルトを見ると、当てが外れたのか憮然《ぶぜん》とした顔でそっぽを向いているのが遠目に見えた。隣のティエンはというと、まだ驚きから立ち直れないのか、ただただ目を丸くしているばかりだ。

ネロリは笑いを噛み殺し、右手の手袋を外して高らかに指を鳴らした。次の瞬間、七公爵たちの顔の前にそれぞれ形の違うペンが現れる。公爵たちがそれを手に取るのを待って、ネロリは玉座の肘かけに肘をついて、にこりと笑った。

「あんまり仰々しい演説をするのは得意じゃないから、今日のところはお近づきの印にそれだけ取っておいて」

ペンを手にした公爵たちの表情が、一瞬で張り詰めた。それは公爵たちの後ろにいたティエンたちにも伝わったらしい。何事か、と執事三人が視線を揺らめかす。

公爵が手にしたペンの形はそれぞれバラバラだ。羽根ペンの者もいれば万年筆の者もおり、人間界で最近使われているゲルインクのペンを持っている者までいる。

無言のまま互いに視線を交差させる公爵たちを見下ろして、ネロリは華やかな声で言い放った。

「普段使ってるのと同じ形でしょ？　一応魔王になるわけだから、七公爵たちの趣味嗜好《しこう》ぐらいは把握しておこうと思って」

そこでようやく、ティエンたち執事がぎょっとした顔をした。

公爵たちが普段使っているペンなんて一体いつの間に調べたのだと、驚愕《きょうがく》のにじむ顔に書いてあるようだ。その前に居並ぶ公爵たちも軒並み同じような顔つきで、素直に喜んでいる様子ではない。

ネロリは指先に顎を乗せて彼らの反応を観察しながら、いい反応だと密《ひそ》やかに笑う。

別段、七公爵たちに好意を持ってもらおうなんて最初から露ほども思ってはいない。それよりは、油断のならない相手と警戒してもらえれば今日のところは十分だ。

すでに新しい魔王として七公爵たちへの監視が始まっているのだと暗に示すことができたのなら上出来だろう。

「近々正式に即位式を行う予定だから。公爵たちにも出席してもらう。ちゃんと全員出席してね」

　言いながら、ネロリは前列の右端で膝をつくギルベルトに視線を移した。ブロンドの髪を後ろに撫《な》でつけたギルベルトは最初から最後までネロリに対して反抗的な表情を崩そうとせず、どう見てもネロリが王位を継ぐことを納得していないようだ。

　ネロリはギルベルトに視線を向けたまま、琥珀色の瞳を細めた。

「不満があるなら、改めて城まで言いにくるといい。ちゃんと聞いてあげるし、アポなしで来てもらってもきちんと対応できるから」

　正確に言うなら、寝首を掻こうと忍んできた場合も問題ない、とは言葉にしない。迎え撃つのは簡単だとも、思うだけにとどめておく。

　だが、さすがに七公爵に任命されただけあってギルベルトも言葉の裏が読めないほど愚かな男ではないようだ。口の中で低く舌打ちはしたようだが、黙って頭を下げた。

　ネロリは満足気に頷くと、正面を向いて謁見の間中に響く高らかな声を上げた。

「以上、もう帰ってくれて構わないよ」

　両手を打つと乾いた音が室内に反響して、七公爵たちが揃って深く頭を下げる。

　この反応を見る限り、第一回の謁見はそれなりに収穫のあるものになったといえそうだ。

　七公爵たちが謁見の間を出ていくと、すぐにエックハルトが足音高く部屋を出ていき、アルマンもそれに続いた。謁見の間には、ネロリとティエンだけが残される。

ネロリは肘かけに両手を置き反動をつけて玉座から立ち上がると、謁見の間の入口近くでまだ呆けたような顔をしているティエンに笑顔で手を振った。

「ティエン、終わったよ」

そこでようやく我に返ったような顔になり、ティエンも慌ててこちらに駆け寄ってくる。

「ネ……ネロリ様、お疲れ様です」

「本当に疲れた。やっぱりこういう改まった場所って苦手」

はい、と頷いたものの、ティエンは上の空という顔だ。視線はぼんやりとネロリの顔や服の上をさまよい、どことなく頬が赤い。

ティエンの態度に気づき、ネロリはわざとらしくフロックコートの襟元を正してみせた。

「見とれるほどいい男でしょ?」

「は……はっ！　いえ、そうですが……そ、そうでなく！　その服はいつご用意を……」

「ん、一応それっぽい格好しておいた方がいいかと思って、昨日のうちにね」

「それは……、申し訳ありません、本来私が手配しておかなければいけないところを……」

恐縮して頭を下げるティエンを、ネロリは軽く笑い飛ばす。本来なら服など魔力でどうにでも変えられるのだが、今回は高位の悪魔が好みそうな格式張った服を用意するため魔界唯一の街から取り寄せた。だがそれはネロリの一存であってティエンに非はない。

「いいよ、ティエンだって七公爵たちに招待状出したりして忙しかったんだし。エックハルトもアルマンも面倒な仕事は全部お前に押しつけて、意地の悪いことだ」

そんなことは、と殊勝に首を振ろうとするティエンの額を、ネロリが指先で軽く小突く。

「でも、さっきのエックハルトたちの反応見て、ちょっといい気味って思ったでしょ」

本当のこと言っていいよ、とネロリは屈託のない笑顔で促す。

ティエンはごく短い時間真顔でネロリを見上げた後、ふっとその口元を緩めた。

「はい、いい気味でした」

真っ直ぐネロリを見上げたまま、気持ちのいい笑顔を浮かべてティエンが言う。いい気味だ、と言うときでさえティエンの瞳は真っ直ぐだ。その上相手の不満気な顔が見られたことが嬉しいのではなく、自分の信じたものが正当に評価されたことを喜ぶような顔をする。

ネロリは華やかな笑みをこぼすと、そのままティエンを胸に抱き寄せた。

「うわっ！　ネ、ネロリ様、何を――……っ…」

「いやぁ、さすがに疲れたから、ちょっと休憩」

「でっ、でしたらお部屋にお戻りください！」

「えー、つれないなぁ。頑張ったんだからちょっとくらい褒《ほ》めてよ」

腕の中で、うぐ、とティエンが言葉を詰まらせる。

ティエンの後ろ頭を撫でながらネロリはひとりほくそ笑む。今日のために一夜漬けとはいえ努力したのは本当だし、文句のつけようのない振る舞いをしてみせた自信もある。

ティエンの小さな体はネロリの腕にすっぽりと収まって、抵抗らしい抵抗もできずに硬直している。銀の髪の隙間から見える耳は真っ赤だ。悪魔のくせに随分純情だと、ネロリはティエンの耳にかかる髪をかき上げた。

「棋譜覚えるのも大変だったし、七公爵たちにばれないように普段使ってるペンを調べてくるのだって骨折れたんだから。アルマンがさ、兄貴たちは公爵たちの屋敷にある皿の柄まで知ってるなんて自慢気に言うから、ちょっと対抗してやろうかと思って」

耳をくすぐられてこそばゆいのか、ティエンが腕の中で身じろぎする。ネロリは指先を滑らせてティエンの顎に添えると、ゆっくりとティエンの細い頤《おとがい》を上向かせた。

隠しようもなくティエンの顔は真っ赤だ。ゆらゆらと揺れる灰青色の瞳を覗《のぞ》き込み、ネロリはうっすらと目を細めた。

「ちょっとは溜飲《りゆういん》下がった?」

あ、とティエンが小さく目を見開く。口元に笑みを浮かべ、答えを待つようにネロリが首を傾げると、ティエンは何度も目を瞬かせ、掠れた声で呟いた。

「わ……私のため、ですか……?」

ネロリはそれに答えず、ただ楽し気な笑い声を上げる。

「俺今まで適当なことばっかりしてきたから、世話役のティエンは城で嫌な思いすること多かったでしょ?　だからたまには、まともな主人みたいに振る舞ってみようかなって」

お前のためだよ、と言外に繰り返す。

それが伝わったのかティエンは一瞬本気で泣きそうな顔をして、でも崩れ落ちる前にグッと唇を噛み締めると強引にネロリの胸を押しのけた。

「た……たまにまともなことをするだけでは困ります！　ネロリ様はこれからこの魔界を治める大魔王様になるのですから、普段からそうした行動を心がけてください！」

意外な反応にネロリが目を瞬かせた隙に、ティエンは踵を返して謁見の間を出ていってしまおうとする。ネロリはほんの数歩でティエンに追いつくと、その顔を後ろから覗き込んで大袈裟なくらい落胆した声を上げた。

「今の展開だったら絶対口説き落とせると思ったのに、その反応？」

「冗談を言っている場合ですか。正式な即位式に向けて準備も必要なんですから」

「お前のためだ、とか言われたのに全然グッとこなかった？」

「くだらないことを言っている暇があったら魔界史でも覚えてください！」

普段の調子でネロリをどやしつけながらも、ティエンの耳はまだ赤い。

(なかなか、甘い顔してくれないんだよね)

頭の後ろで両手を組み、ティエンの小さな頭を見下ろしてネロリは苦笑する。

(自分の気持ちより、俺が調子に乗って羽目外さないことを優先させるわけか)

ひとつ無事に事が済んだからといって、手放しにネロリを褒めようとしない。それどころか、次もあるのだと厳しい言葉をかけ続ける。胸に湧いた歓喜の想《おも》いは無理やりねじ伏せ、どこまでも従者であろうと必死だ。

(もういい加減胸に飛び込んできちゃえばいいのに)

ネロリの私室へ向かう途中、ようやく赤味の引いてきたティエンの耳を見下ろしてネロリは苦笑いをこぼした。

「まあいいや」

「……何がです」

独り言のつもりが声に出ていた。また何か仕掛けるつもりかと警戒した視線を向けてくるティエンに、なんでもないよ、と笑ってネロリは頭の後ろで組んでいた手を解く。

「ティエンにご褒美のひとつももらおうと思ってたんだけど、よく考えたら今回は俺の方がティエンに助けられっぱなしだったから。お礼にお茶でも淹れてあげる」

「い、いえ、お茶くらいなら私が——……」

「遠慮しない、遠慮しない」

解いた手でティエンの肩を抱こうとしたものの、また突っぱねられても面白くないので頭を撫でるにとどめた。ティエンは少し面映《おもは》ゆそうな顔をしたが、ネロリの手を振り払うことはせず、ようやくネロリは満足気な笑みを浮かべることができたのだった。

右腕につけた腕輪の色が変化する。鮮やかな青から、赤みがかった紫へ。

四日目、私室に置かれた大きな革張りのソファーに寝転がり、ネロリは両手を天井に向けて手首に嵌められた腕輪をしげしげと見詰めていた。

(あと三日……のわりには、まだそれほど魔力が抜けてないような気もするが)

魔力継承完了までの折り返し地点を過ぎたはずなのに、体には特に変化を感じない。もしかすると平均的に魔力が減るのではなく、後半一気に持っていかれるのかもしれない。

左腕の腕輪は黒いままだ。こちらにも日々魔王の魔力が注ぎ込まれているのかもしれないが、こうして眺めていてもまるで変化は見受けられない。

(よく考えてみれば、俺の魔力を空っぽにしたところで親父の魔力が全部この体に入り切るかどうか、わかったもんじゃないいな)

最悪水を入れすぎた水風船のように弾け飛んでしまうかもしれない。それはあながちあり得ない話ではなさそうで、もう少し詳しく魔王に訊《き》いておくべきだったかとネロリは力なく両手を頭の上に投げ出した。

魔王の魔力は、それはそれは強大なものだ。何しろ荒くれ者の集《つど》うこの魔界全土を治めてしまうくらいなのだから。七公爵が束になっても敵《かな》いはしないだろうし、それどころか、その気になれば魔界そのものを一瞬のうちに塵芥《ちりあくた》となすことだって可能だ。

だから魔界では、これまで反乱らしい反乱が起こったことがなかった。起こったとしても一瞬で魔王にひねり潰されるか、あるいは他の悪魔たちに全力で止められる。魔王と対峙《たいじ》した悪魔が消されるくらいならまだいいが、それで魔界まで一緒に吹っ飛んで巻き添えを食らってはたまったものではないからだ。

それほどの力を自分の体の中で抑え込めるのかどうかは甚だ疑問だが、魔王が特に何も言っていなかったところを見るとどうにかなるものなのだろう。想像もつかないが。

(それよりは、現状の悪魔たちの動きの方がよっぽど想像しやすい)

ネロリはゆっくりと目を閉じる。そうすると、瞼《まぶた》の裏に七公爵たちの顔が浮かんだ。

魔王の力をネロリが引き継ぐ今は、どう考えても絶好の反乱のチャンスだ。

魔王自身は城の地下に潜ってもう出てくることはない。ネロリにはなんの後ろ盾もない。

ネロリが具体的にどうやって魔王から魔力を引き継ぐのかはわからなくとも、ネロリさえ亡き者にできれば自分が王に取って代われるのではないかと考えるのが道理だ。弱っているとはいえまだどれほどの力を残しているかわからない魔王を攻撃するよりは、ネロリを攻撃した方がリスクは少ないと考えるのも当然だろう。

(見た感じ、脅威になりそうだったのは謁見のとき前列にいた三人ぐらいだったな)

中央に座っていたのはクライブ。これはネロリの親友——本人は断固として否定するだろうが――だから問題ないとして、残りの二人は厄介だ。

右端にいたギルベルトは、明らかにネロリを敵視する目で見ていた。本当にネロリが魔王になる器の持ち主なのか露骨に疑っている様子だったし、本人は自分の力を過信する傲慢《ごうまん》な顔つきをしていた。率先して反乱を起こすタイプと見受けられる。

左隣にいたサーシャは大人しそうな顔でネロリにも従順に頭を下げていたが、腹の底で何を考えているかはわかったものではない。

(ああいう黙ってニコニコしてる奴の方が腹黒かったりするんだよなー……)

ただ、さほど大きな野心を抱いているようには見えなかった。力のある者に取り入っておこぼれを頂戴する輩《やから》と見えたが、実際どうか。ネロリはあまり長いこと魔界にいたわけではないので、七公爵たちの性格や行動パターンなどがまだはっきりとわからない。

(でも魔力の継承方法がわからなければ、あいつらもうかつに手は出せないはず)

ネロリがいつ完全に魔王の魔力を引き継ぐのか。襲いかかった瞬間に引き継ぎが完了したら命はない。その辺りは慎重に探りを入れてくるはずだ。

(こっちから仕掛けるわけにもいかないから、大人しく待つしかないね)

そう結論づけてネロリが深く息を吐いたとき部屋の扉が軽くノックされ、外からティエンが入ってきた。

銀の燕尾服を着たティエンが、ソファーに横たわるネロリに気づいて「お休み中でしたか」と気遣わし気な声をかけてくる。一応ティエンにだけは六日のうちに魔力が減少していくことを伝えてあるので、ネロリの体の様子を心配しているのだろう。そのまま引き下がろうとしたティエンに、大丈夫だと伝える代わりに身軽に身を起こしてソファーを下りた。

「いいよ、退屈して寝てただけだから。何かあった？」

「はい、サーシャ様からお届け物がありましたもので」

アーチ形の大きな窓を背にして置かれた、黒檀の机の前にネロリが腰かけると、向かいに立ったティエンが掌から少しはみ出るくらいの箱を机の上に置いた。全体を緋色《ひいろ》のベルベットで覆われ、金や螺鈿《らでん》をふんだんに使って飾りつけられた箱は宝石箱のようだ。ティエンがゆっくりと箱を開けると、わずかに金の光が漏れる。

「隙間から、中を覗き込んでみてください。これ以上開けると逃げられてしまいますので」

「……生き物なの？」

言われるまま箱の中を覗き込み、ネロリは小さく目を瞬かせる。箱の中にいたのは、金色に輝く一羽の蝶《ちょう》だった。小さな箱の中で、ゆっくりと羽を開いたり閉じたりしている。

「美しいでしょう？　これを持ってきてくださった従者の方の話では、魔界でも滅多に手に入らない珍しい蝶なのだそうです」

そっと箱を閉めながらティエンが補足する。

「そんな貴重なものをわざわざ俺に届けにきてくれたわけ？」

「はい。ネロリ様が王位を継がれるお祝いに献上させていただきたいと」

そう言って、ティエンは珍しく満面の笑みをこぼす。ひとりでもネロリが魔王になることを認めてくれる者がいて、心底嬉しいのだろう。

そう、と頷いてティエンと一緒に微笑みつつも、ネロリは内心で首を傾げる。

（孤立無援の俺に早いところ取り入っておこうって算段かな。でもそのつもりなら、こんな綺麗《きれい》なだけの贈り物より一個師団くらい送り込んでくれた方がありがたかったんだけど）

あまり上手に状況を読めるタイプではないようだ、と冷静に判断を下す。それでも、ティエンが無邪気に喜んでいるので思うだけにとどめて言葉にはしない。

「この蝶、後でお庭に放しておきましょうか。それともお部屋に飾った方が？」

「部屋に飾っておこうか。ちょうどいい大きさのガラスの器でも見つかるまでは、そのまま箱に入れて窓際に置いておいて」

はい、とティエンは嬉しそうに頷く。サーシャの持ち込んだ物を城の中で野放しにするのは危険だと考えるネロリの思惑にも気づかずに。

ネロリの背後にある窓際に金の蝶が入った箱を置くと、ティエンはふと気がついた顔になってネロリの姿を頭から爪先まで見下ろした。

ネロリも椅子を回しティエンと向き合って、どうかした？　と首を傾げる。

「いえ……お洋服が……またいつも通りに戻ってしまったので——……」

ティエンの視線を追ってネロリも自分の服を見下ろす。今ネロリが身につけているのは動きやすいジーンズに手首まで隠す黒いシャツで、人間界の一般人が着る服と変わらない。

「ああ、昨日みたいな服は肩凝るからね。できればあんまり着たくない」

「でも、お似合いでしたのに――……」

溜息混じりに呟くティエンは本気で残念そうだ。とはいえ、普段から正装を身につけていられるほどネロリも辛抱強くはない。曖昧《あいまい》に受け流そうとすると、ティエンがキッと顔を上げてネロリに詰め寄ってきた。

「考えてみれば、ネロリ様が大魔王になった暁には普段から正装でいていただくことになるわけですから、今のうちから慣れておいた方がいいのではありませんか」

「え、そうくる？」

「そうです、服装を改めれば背筋も伸びますし、美しい所作も身につきますし」

「いいよそんな、面倒臭い――……」

その台詞《せりふ》で、ティエンの表情が変化した。俄かに険しい顔つきになって、腰を屈《かが》めてネロリの顔を覗き込んでくる。

「ネロリ様はいつもそうして面倒臭がって！　本当はなんでもできるのですから無精ばかりしないでください！」

「いやいや、だからなんでもっていうのは言いすぎでさ……」

「言いすぎなものですか！　昨日だってなんだかんだと言ってきちんと七公爵様たちにご挨拶できたではないですか！　ネロリ様は努力を惜しみすぎです！」

うっかり地雷を踏んでしまったらしい。そのままティエンのお説教が始まりそうになって、ネロリは小さな溜息をつく。

まともに取り合っていたらティエンを黙らせることなど不可能だ。ネロリはちらりと室内に視線を走らせてから、おもむろに口を開いた。

「ティエン、サーシャからもらった蝶が逃げてる」

「話をはぐらかす気で……えっ！」

さすがにぎょっとして窓際に視線を向けたティエンの腕を摑んで引き寄せる。相向かいに立つティエンの右腕を右手で摑んで力強く引っ張ると、ティエンはよろけるように体を反転させて背中からネロリの胸に倒れ込んだ。

瞬時に立ち上がろうとしたティエンを、ネロリは後ろから抱きしめて拘束する。

「ネロリ様！　蝶は……！」

「ごめん、嘘」

「な…っ…ど、どうして貴方はそういうことばかりするのです！」

怒声を上げて大暴れするティエンを腕に閉じ込めたまま、ネロリはティエンの首筋に顔を埋めた。途端にティエンが息を飲んだのがわかって、小さく唇の端を持ち上げる。

「ティエンは俺のこと過大評価しすぎだ。いつだって昨日みたいに必死になれるわけじゃないんだから」

「で、ですが、昨日は必死になれたのでしょう……魔王になるためにも、今後もあれくらいは──……」

目に見えて声に勢いがなくなったティエンにほくそ笑みながら、ネロリはティエンの肩に頬を押しつけた。

「魔王になるとかどうとかはあんまり興味なくってさ」

「何をおっしゃいます！　昨日だって七公爵の皆様に認めていただくために、たった一日であんなにも……！」

「いや、別に七公爵に認めてもらおうと思ったわけでもないし」

話の合間もどうにかネロリの腕から抜け出そうとするティエンの小柄な体を、もう一度しっかりと抱き寄せる。腕の中でティエンが硬直して、そろそろとこちらを振り返った。肩越しに見えた頬は、思った通り真っ赤だ。

白い肌の内側から炎でも透かしたように色づく頬を眺めながら、ネロリはうっすらと目を細めた。

「七公爵たちが俺をどう評価しても別に構わないよ。そうじゃなくて昨日のあれは、大好きなティエンのために頑張ったに決まってるでしょ？」

ティエンが鋭く息を飲む。大きな瞳は目の端が切れてしまうんじゃないかと心配になるほどますます大きく見開かれ、頬も一層赤くなる。一体どこまで赤くなるんだろうと興味深くネロリが眺めていると、視線に気づいたのかティエンは勢いよく前を向いてしまった。

「じ…っ…次期大魔王ともあろう方が……戯れがすぎます！」

「えー、戯れじゃなくて本気で言ってるのに。俺が魔界に帰ってくるのだって、ティエンが城で待っててくれるからじゃない。あーもう、こんなに好きなのになー」

ティエンの頭に顎を乗せ、ぎゅうぎゅうと強く抱きしめながら言ってやると、それまでの口調とは打って変わって力ない声音でティエンが呟いた。

「……ネロリ様の好きは、気に入りのおもちゃに対して言うのと一緒でしょう」

急に会話の雰囲気が変わって、ネロリは意外な言葉でも耳にしたように眉を上げる。いつの間にか、ティエンは頑《かたく》なな空気を身に纏ってこちらを振り返ろうとしない。

「……なんで自分をおもちゃと同列に並べちゃうかな？」

わずかに見える柔らかな頬を指先でくすぐってみても、ティエンは身じろぎひとつしない。ネロリは苦笑混じりの溜息をついて、ティエンの顎先に指を添えた。指先に力を込めると、ようやくティエンがこちらを振り返る。首を伸ばして自らティエンの顔を覗き込むと、ネロリはジッとティエンの目を見詰めた。

「おもちゃの中で一番好きだなんて一度も言ったことないでしょ？　悪魔も人間も含めて、

出会ってきた人たちの中で一番好きだっていつも言ってきたつもりだったんだけど、伝わらなかった?」

　ティエンは怒り出す直前なのか泣き出す直前なのか判然としない表情でネロリを見返し、すぐさま視線を床に落とした。

「……貴方の言うことをいちいち真に受けていたら、地獄に落ちます」

「なんの地獄だか知らないけど、魔界も地獄も同じようなもんじゃない」

　落ちちゃえばいいのに、と耳元で囁《ささや》いてやると、ティエンの顔が一層歪んだ。

「そうしたら、先に落ちてる俺がちゃんと受け止めてあげるよ?」

「……まさか、いつの間に貴方が落ちたんです」

「落とした本人がよく言う」

　笑いをにじませた声で囁けば、ティエンが喉の奥で低く唸って、急に大きな声を上げた。

「——…っ…そうやって!　誰でも彼でも涼しい顔で口説いていらっしゃるんでしょう!　私を練習台にして反応を見るのはやめてください!」

　その一声で、二人の周囲に漂っていた濃密な空気が離散する。

　相変わらずこの強引な空気の入れ替え方は凄いな、と妙なところで感心しながら、ネロリはティエンの肩にべったりと顔を押しつけた。

「ひどいなぁ。さっきから本気だって言ってるのに容赦なく冗談扱いするんだから」

「ネロリ様が魔王になったら、そうそう遊んでばかりいられませんからね！」

「遊びじゃないよ。好きだよ、ティエン」

顔を上げ、にっこりと笑って言い切るとまたぞろティエンの頬が赤くなった。

何度同じ言葉を繰り返してもまるで慣れずに赤面するティエンが微笑ましいやら、可愛いやら。もういっそこのまま押し倒してやろうか思ったところで、部屋の扉が叩かれた。

ティエンと二人揃って扉に視線を移す。と、扉はすでに開かれており、そこに凭れかかるようにして、シルクハットを被《かぶ》った人物が立っていた。

「……悪いな。何やら取り込んでいるようだったので、勝手に開けたぞ」

そう言って帽子を脱いだのは、七公爵のひとり、クライブだ。

よぉ、とネロリが片手を上げるのと同時に、それまでネロリの膝に座っていたティエンがばね仕掛けの人形のように勢いよく立ち上がった。

「ククク、クライブ様！　これは、とんだお見苦しいところを…っ…！」

「いや、気にするな。勝手に入った私が悪い」

ほとんど転がり込むようにクライブの前に立って直角に腰を折るティエンにクライブは鷹《おう》揚《よう》な言葉を返す。それでもまだ動揺甚だしくまともに顔を上げられないティエンを見かねたのか、クライブは低く落ち着いた声で言った。

「ティエン、悪いが何か飲み物を用意してもらえないか」

「はっ、はい！　すぐ、すぐご用意いたします！」

あたふたと頭を下げ、ティエンが部屋を飛び出していく。その足音が廊下の向こうに消えていくのを待ってから、クライブはようやくネロリと向き合った。

後ろで一本に縛った髪を肩から前に垂らしたクライブは、眼鏡の奥から鮮やかな青い瞳をこちらに向けて至極真面目な顔で言った。

「……ティエンとは、そういう関係か？」

元来悪魔に道徳や倫理という言葉は存在しない。恋愛対象が異性だろうと同性だろうと、驚くには至らないのが普通だ。

ネロリは椅子に背中を預け、ちょっと違うな、と肩を竦めた。

「少なくともお前が思ってるのとは違うよ。この間もベッドに誘ったら断られちゃった」

「お前の方から誘ったのに、断られたのか？」

意外そうな顔で繰り返されて、ネロリは大袈裟に両手を広げてみせた。

「そう、好きって言葉に真実味がないんだって」

「確かにお前の言葉に真実味はまるでないな。そこはティエンの肩を持とう。……適当にかけていいか？」

もちろん、とネロリはソファーの反対側に置かれたテーブルを指し示す。猫足のひとりがけのテーブルには揃いの椅子が二脚用意してあり、そちらに向かって歩き出したクライブの後を追ってネロリも椅子を立った。

「ひどいよねぇ、俺の言う好きはおもちゃに対して言うのと同じだなんてさ。こう見えても俺、ティエンをおもちゃみたいに扱ったことなんて一度もないのに」

先に椅子に腰を下ろしたクライブが、脚を組みながらネロリを見上げる。

七公爵の中でも飛び抜けて魔力の高いクライブは、こうして座っているだけで妙な威厳のようなものがある。さらにクライブは魔界では珍しい発明家という側面も持っており、人間界の技術を魔界に導入すべく日々研究を続けている。横顔は驚くほど端整で、魔界で最も賢く最も美しい悪魔との呼び名も高い。前魔王からの信頼も厚く、ヴァルトやフラムですらクライブには一目おいている節があった。

（いっそこいつが魔王になれば誰も文句言わなかったんじゃないの……？）

いつものように口八丁手八丁で面倒なことは全部クライブに押しつけてしまえばよかった、と密かにネロリが嘆息していると、クライブが眼鏡を押し上げながら呟いた。

「さっき、実際随分熱心にティエンを口説いていたようだったが、本気か？」

「うん？　もちろん本気だけど？」

「キスをするのも厭《いと》わないくらいに？」

ネロリは一瞬目を見開く。考えたのは一瞬で、すぐに首を横に振るとクライブの向かいに腰を下ろした。

「それは無理。お前みたいな勇気ないよ」

「勇気は関係ないだろう」

あるよ、と力強く断言して、ネロリは真正面からクライブの顔を見据えた。

悪魔には、キスに対する特殊な考え方がある。高位の悪魔が下位の悪魔にキスをするのは屈辱を伴う行為であり、転じてそれは高位の悪魔が下位の悪魔に絶対服従の誓いを立てる契約に等しい。

だから高位の悪魔たちは絶対他人に唇を許さない。己の矜持《きょうじ》にかけて唇を奪われることを全力で阻止する。

というのは表向きで、実際はもっと面倒な理由から高位の悪魔たちは誰とも唇を合わせようとしないのだが、よりにもよってこのクライブは、七公爵の一員であるという立場にもかかわらず自分よりずっと魔力の低いインキュバスとキスをしてしまった。それも公衆の面前で、見栄も外聞もなげうって。

あのときは魔界に衝撃が走ったものだ。何しろあのクライブ公爵がちっぽけなインキュバスに自ら絶対服従を誓うような真似《まね》をしたのだから。

正直な話をすれば、ネロリはこのままクライブが転落していくものだと思っていた。上位の悪魔が大っぴらに下位の悪魔にキスをするということは、魔界中の悪魔たちに自分の弱みを晒《さら》してしまったに等しい。クライブを追い落とそうとする者は揃って件《くだん》のインキュバスを狙いにくるだろうし、そうなればクライブがインキュバスを守りきれずに果てるか、はたまた守り切って果てるかのどちらかしかないと踏んでいたのだが。

「……案外平穏にあの子と暮らしてるみたいだね」

「そうだな。先んじて魔王様に認めていただいたおかげで、無闇にちょっかいを出してくる輩もいなくて助かっている」

相変わらずクライブは根回しがいい。感心しながら、ネロリはテーブルに肘をつく。

「でもさ、よくそんな思い切ったことできたよね。キスしたってことはもうこの先永遠にあの子と生きていくって決めちゃったわけでしょ？　どうすんの、あの子よりも好きな子とか現れたら。キスした以上、もう何があっても放り出すわけにはいかないよ？」

心底不思議に思ってネロリが首を傾げると、クライブは長い髪を耳にかけながらゆっくりとした口調で答えた。

「そういう心配はしたことがない。そもそも、もうあれ以上の存在には出会えないと思ったからキスをしたんだ」

「この先も永遠に、絶対に心変わりしないって信じてるわけ」

「当然だ」

淀みなく言い切ったクライブは、どうやら強がりを言っているわけではなさそうだ。

ネロリは思わず天を仰ぐ。どうしたら本気でそんなことが言えるのかわからない。しばらく眉根を寄せたまま上を向き、ようやく顔を前に戻すと乱暴に後ろ頭を掻いた。

「ティエンもね、多分俺にそういうふうに言ってもらいたいんだろうってのはわかるんだけど、でも無理じゃない？　人間だったら永遠って言葉は一生にすり替えられるかもしれないから、ほんの百年心変わりしないでいられれば十分だろうけど、俺たちあとどのくらい生きると思ってる？　下手したら世界の終わりまで死なない可能性の方が高いのに。この先もっと大事なものが現れるかもしれないって、どうして思わないのかな」

一息でまくし立てるように言い放った。ネロリとしては痛いところを突いてやったつもりだったのだが、クライブは特に表情を変えるでなく静かにネロリの言葉に耳を傾けている。

「絶対とか唯一って言葉が使えるのは、終わりを確約されてる人間だけだと思うんだよね」

違う？　とたたみかけるように尋ねてみると、クライブはひとつゆっくりとした瞬きをして、ごく冷静な声でこう言った。

「そういう諸々の瑣事《さじ》を、全部打ち捨ててしまえる瞬間がくるんだ」

ネロリは眉間に深い皺を寄せる。クライブは恋に溺《おぼ》れた愚かな人間のような目はしていないのに、言っていることはさっぱり要領を得ない。

「それってどういう気持ち？　たとえばあの子がいなくなったりしたら、どうなる？」

「そうだな、泣くかもしれないな」

「クライブが？　想像つかないよ」

だってさぁ、とさらに続けようとしたネロリを、クライブが片手を上げて制する。

「そんな屁理屈《へりくつ》ばかりこねられるのでは、ティエンもなかなか報われないな」

「屁理屈じゃなくて事実でしょ?」

「どちらでもいい。それよりも、そろそろ本題に入らせてもらおうか」

決然とした口調でクライブが言うときは、それはもう提案ではなく決定事項だ。そういえば、クライブがわざわざ城にいる自分を訪ねてくることなど珍しい。単に世間話をしにきたわけでもなかろうし、なんの用だとネロリも居住まいを正した。

クライブは一度部屋の入口に視線を走らせると、わずかに身を前に乗り出した。そして、それまでよりも少し抑えた声で呟く。

「……王位を継承する際、継承者の魔力が減少していくというのは、本当か?」

さすがにネロリの顔色が変わった。ひたりとクライブを見返した目から笑みが消える。

クライブは、ネロリの表情の変化から即座に己の言葉の正しさを悟ったらしい。考え込む表情で眉根を寄せる。

「クライブ、その話どこで聞いた?」

いつになく低い声でネロリが尋ねると、クライブもさらに声を低くする。

「お前のところの執事……ヴァルト様についていた、エックハルトといったか。あれが七公爵たちに吹聴して回っているそうだぞ」

「お前のところにも行ったわけ？」

「いや、さすがに私のところには来なかった。不本意ながら、私とお前は親しい間柄だと周囲には思われているようだからな。ただ、七公爵たちがおかしな動きをしていると別のルートから情報が入って、調べてみたら今の噂《うわさ》が出てきた」

「ちなみに俺、お前のこと親友だと思ってるんだけどやっぱり不本意なの？」

ふざけるな、とクライブが顔を顰めて、ネロリは楽し気な笑みをこぼす。その笑顔の下で、面倒なことになったな、と舌打ちしたい気分を無理やり抑え込んだ。

「……お前を親友と見込んで告白するとさ」

「よせ、私を巻き込むな」

「魔王の力を継承するには一度俺の魔力を空っぽにしないといけないんだって。丸六日かけて魔力を全部抜き取って、七日目に魔王の力が注ぎ込まれる。今日で四日目」

ほとんど問答無用で極秘事項を伝えてしまうと、クライブは諦めたような溜息をついた。これでクライブは自分の味方につけたも同然だ。なんだかんだとこの男は面倒見がいい。

「今のところまだ魔力は使えるみたいなんだけど、残り三日でどうなるか俺にもよくわかんないんだよね。七公爵たちが一気に攻めてきたらさすがにまずいところだけど」

「まずいだろう。今は皆エックハルトの話をどこまで信じていいものか迷っているようだが、何しろヴァルト様に仕えていた執事だ。皆信憑性は高いと見ている。特にギルベルトはかなり熱心に耳を傾けているらしいぞ」

「魔力減少のことをエックハルトが知ってたのは痛かったな。それってやっぱり兄貴が漏らしたのかなー……。意外にうかつなことを……」

「ヴァルト様は聡明《そうめい》な方だ。口を滑らせたというより無理やり聞き出されたという方が正しいんじゃないか？　それにエックハルトはただ魔力が減少すると言っただけで、完全に体から魔力が抜けることも、七日という期間のことも口にしていなかったらしい。あれもごく限られた情報しか得られていないんだろう」

「じゃあ七公爵たちも、すぐにはエックハルトの情報に飛びつかないと思う？」

思案気な顔でネロリが呟くと、クライブも渋い顔で、どうかな、と首を傾げてしまった。

「お前、昨日の謁見で予想外にまともな振る舞いをしただろう。あれのおかげで、端からお前を見下していた公爵たちの顔つきが変わった。お前ごときが魔王になれるのか疑ってさえいたのが急に、早いところ潰しておいた方がよさそうだ、と方向転換した感が強い」

「本人目の前にしてお前ごときとかよく言うよね？」

いっそ爽《さわ》やかなくらいの笑顔でネロリが言ってもクライブはまるで動じない。腕を組むとまじまじとネロリを見て、さも意外そうな口調で言った。

「お前のことだから、無事王位を継ぐまではのらりくらりとぼんくらを演じ切るつもりかと思ったんだが……」

「あー……、こっちにもいろいろと事情があってさ」

クライブの言う通り、昨日の謁見で七公爵たちに侮られた方がネロリとしてはやりやすかった。大きな失敗でもすればエックハルトも満足して、妙なちょっかいを出してこなかったかもしれない。ネロリだってそんなことは百も承知だと見て取ったのか、クライブは唇の隙間から細く長い息を吐いた。

「……ティエンか」

事ここにきて、ようやくクライブがティエンに飲み物を持ってくるよう頼んだ真の理由がわかった。確かにこんな話を聞けば、ティエンは動揺するだろう。

ネロリはテーブルに頬杖をつき、言葉もなくニコリと笑う。無言の肯定に、クライブもそれ以上何も言わなかった。

沈黙が室内を満たす。ネロリが景気づけに軽口でも叩こうと口を開きかけたとき、部屋の扉が叩かれてティーセットを用意したティエンが現れた。

「お待たせいたしました。紅茶を用意してまいりました」

「ああ、ティエン、ありがとう」

ティーポットやカップ、スコーンなどをワゴンに乗せて持ってきたティエンに、クライブが軽く手を上げる。ネロリは一応その横顔を窺ってみるが、クライブの表情は穏やかでティエンを非難するような気配はない。それどころか茶葉の名前を尋ねたりティーセットの彩色の美しさを褒めたりして、なかなか和やかな雰囲気だ。

クライブは七公爵のトップに立つ悪魔でありながら、下位の悪魔を見下したところがない。そのせいか、普段はあまりネロリ以外の悪魔と口を利きたがらないティエンも今日は随分と饒舌《じょうぜつ》だ。

楽しそうなティエンの姿を見るのも悪い気はしないが、すっかり茶葉の話で盛り上がっている二人にないがしろにされている気分になって、ネロリは空のカップを掲げた。

「ティエンー、おかわり」

「あ、し、失礼しました」

ティエンが慌ててティーポットを手にして、白磁のポットから香り高い紅茶がカップに注がれる。途中、かちゃんと小さく茶器のぶつかり合う音がした。

おや、とネロリは眉を上げる。ティエンが手元を狂わせるなんて珍しい。何気なくティエンの顔を見上げると、微かに眉根が寄っていた。先程クライブと楽し気に話をしていたのとは打って変わって深刻な表情だ。何事か、とネロリが大きく首を傾けてティエンの顔を覗き込むと、ティエンはハッとした表情で慌てて眉間を緩め、ネロリの視線から逃れるようにクライブを振り返った。

「クライブ様、よろしければ今夜はこちらで夕食をお召し上がりになりませんか？　すぐにご用意いたしますので」

カップを口元に運んでいたクライブは、微笑んで首を横に振る。

「申し出はありがたいが、今夜は失礼する。城でタキがシチューを作って待っているんだ」

シチューと耳にした途端、ネロリの腹がぐぅ、と鳴った。人間じみた反応に自分でも驚いて、ネロリは掌で腹を押さえる。

もともと悪魔に食事からエネルギーを摂取するという思考はない。悪魔たちにとって食事は生命を繋《つな》ぎ止めるためのものではなく、煙草《たばこ》を吸ったり酒を飲んだり、人間で言うならそういう娯楽に近い行為だ。ちょっとした中毒性もあり、時々やたらと食事をしたくなることもあるが、それも空腹に突き動かされて、というのとは少し違う。正しい空腹という概念を悪魔が理解しているのかどうか、それは悪魔たちにもよくわかっていない。

もう一度ネロリの腹が鳴り、クライブが呆れた顔で立ち上がる。

「そんな小芝居を打っても、タキのシチューを分けてやるつもりはないぞ」

「……いやいや、そういうつもりじゃなくて」

「ではティエン、こいつがまた妙なことを言い出す前に私は失礼する。紅茶をありがとう」

ネロリに対するよりもよほど丁寧にティエンに辞去の挨拶をして、クライブは部屋から出ていってしまった。

ネロリはまだ釈然としない表情で、とりあえずテーブルの上のスコーンに手を伸ばした。まだ温かなそれを二つに割って隣に添えられたはちみつを塗っていると、ティエンがぽつりと呟いた。

「タキ様というと……確か、クライブ様と一緒に暮らしていらっしゃるインキュバスの？」

「そうそう、クライブがキスしちゃった、例のインキュバスね」

スコーンを頬張りながらネロリが答えると、ドアの方を見ていたティエンがようやく振り返る。その顔には、困惑の表情が隠しようもなく浮かんでいる。

どうしたの、と口の中のものを咀嚼《そしやく》しながら尋ねれば、ティエンは何事か考え込む表情で視線を揺らしながらネロリに向き直った。

「いえ、あのクライブ様ほどの方が一介のインキュバスに逆らえなくなったということが、未《いま》だに信じられなくて……」

「でもキスしちゃったからねぇ。クライブの奴、もうタキ君の言いなりだよ」

「上位の皆様にとってキスというのは、それほど神聖なものなのでしょうか……？」

ティエンも知識としては上位の悪魔たちが自分の唇を誰にも触れさせまいとしていることは知っているようだが、いざ誰かに唇を許したとき、その相手に逆らえなくなるという心境までは理解しかねているようだ。

それはわかるわけもないだろうと、ネロリはスコーンを飲み下した。

「キスは誓いっていうより、呪《のろ》いだからね」

言いながら新しいスコーンを手に取り、今度は赤い苺《いちご》ジャムを手元に引き寄せる。横顔に痛いくらい強いティエンの視線を浴びながら、ネロリはジャムをスコーンに塗りつけた。

「上位の悪魔はね、キスをすると呪われるの。キスをした相手が死ぬと、自分も死ぬ」

ネロリはさらりと、上位の悪魔たちが守り通してきた秘密を口にする。

前置きのない発言に、え、と短い声を上げたきり、ティエンからの反応が途絶えた。横目で見上げると、ティエンはネロリの傍らに立ち尽くして完全に言葉を失っていた。大きな目が見開かれ、唇も固まって動かない。

ティエンの反応に気をよくして、ネロリはジャムを塗ったスコーンに齧《かじ》りつきながら世間話でもするような調子で続ける。

「うちの親父、ギミック好きなのはティエンも知ってるでしょ？　城の周りに自動砲撃機能つきの大砲作って並べてみたり、玉座に座るためだけにやたら面倒な仕掛け作ってみたり」

ティエンはネロリの側に立ったまま、戸惑った表情で小さく頷く。キスの話をしていたはずが、どうして魔王の趣味の話になっているのか、まだ頭がついてこないのだろう。

苺ジャムを塗ったスコーンを口に放り込み、ネロリはさらに新しいスコーンを手に取った。アプリコットのジャムと生クリーム、迷った末、生クリームに手を伸ばす。

「親父の私室って、ティエン行ったことあったっけ？」

「いえ、まさか、私のような者が――……」

「じゃあ部屋の入り方も知らないか。隣の部屋から声かければ、中から親父が開けてくれるんだけどさ。でもドアとかあるわけじゃなくて、親父の魔力に反応して壁が開く」

はぁ、とティエンはまだどうにも要領を得ない様子で返事をする。

「あの部屋ね、基本的には親父にしか開けられないんだよ。でもひとつだけ、親父以外の悪魔も部屋を開ける方法があってね。……隣の部屋くらい見たことない？　正方形の部屋の対角線上に魔法陣があるんだけど」

「それなら見たことがあります。部屋の角に二つ……」

そうそう、と目を細めて頷いて、ネロリは生クリームをたっぷりと乗せたスコーンを口に運んだ。

「あの魔法陣から、同時に同質の魔力を注ぎ込むと隣の部屋に続く扉が現れる」

「同時に、同質……ですか？」

うん、とスコーンを口に含んだままネロリが頷くと、ティエンはしばし逡巡《しゅんじゅん》した後、ためらいがちに口を開いた。

「それは……不可能ではないでしょうか。二つの魔法陣はかなり距離も離れていますし、同質の魔力というのは……同じ悪魔が二人いない限り、同時にというのは難しいかと」

よくできました、とネロリは笑顔で小さな拍手を送る。

ティエンの言う通り、それは本来不可能なことだ。悪魔たちの持つ魔力の質は、ひとりひとりエネルギーの種類や波長が異なる。人間で言えば指紋と同様に個人差があり、二人として同じ魔力を持つ者はいない。

ネロリとの会話がどこに着地するのかまだわからないのだろう。戸惑い気味のティエンの顔を見上げ、ネロリはことさら楽しそうに肩を竦めて笑った。

「ところが、俺たち三兄弟の魔力は非常によく似通っててね。というか、自分たちでも判別がつかない。ほぼ同質と言っても差し支えないくらいに」

「そ…っ…、そんなことが……あるんですか……!?」

「あるんだよね、一卵性双生児みたいに。実際は三人だけど。親父の影響強すぎたんじゃないかな、親父の魔力にもすごくよく似てるし」

「それは……確かに大魔王様の魔力を受け継いでいらっしゃるのですから、何か影響があるのは間違いないでしょうが……でも――……」

ティエンの驚きはまだ尾を引いている。それくらい、異なる悪魔が同質の魔力を持つのは稀有なことなのだ。

スコーンに生クリームを塗り足しながら、ネロリはテーブルの下で爪先を上下させる。

「だから、本来なら外から親父の私室に入れるのは俺たち兄弟だけなわけ。それも、二人以上揃ってないと入れない。兄弟のうちのひとりが謀反を起こしたり、他の悪魔に脅されたりしても、簡単には部屋に入れないってことだね。だから兄貴たちのいない今はもう、親父の許可なしに外からあの部屋に入ることはできない。いやぁ、我が父親ながら用心深い」

「それは、大魔王様ともなればいつ何時命を狙われるかわからないのですから、用心深くなるのは当然なのでは——……」

「まぁね。しかし鉄壁のガードを築いたはずの魔王様でしたが、このギミックにはひとつ重大な欠点があったのでした」

おとぎ話の語り部のような口調で言って、ネロリはティエンを見上げる。わかる？　と尋ねる代わりに目を細めると、ティエンはゆっくりと首を横に振った。

「実は、二人の悪魔が一時的にまったく同じ魔力を共有する方法がある」

「そんな方法、どうやって——……」

「キスをするんだよ」

ティエンが鋭く息を飲む。長い長い前置きが、ようやくキスの話に繋がった。

スコーンを食べながらティエンが衝撃から立ち直るのを待って、ネロリは続ける。

「キスというか、唇を合わせて互いの息を交換し合う。そうすると、二人の魔力が混ざり合って、一時的にまったく同じ魔力を保持することができるんだよね。でもこの方法はあんまり上位の悪魔には知られてない。もともとは、下位の悪魔が上位の悪魔から魔力を無断拝借するために生まれた裏ワザだから」

他の悪魔から魔力を分け与えられるということは、人で言えば超強力な栄養剤を飲んだり、点滴を受けることに似ている。一発で体力が回復し、気力がみなぎる。傷を負っているときはたちまち傷口が塞がってしまうくらい効果はてきめんだ。ただし、逆に魔力を吸い取られる方は倦怠感《けんたい》を覚え、自分の体から魔力が流出していくことも顕著に自覚する。

次から次へと新しい情報が出てくるものだから整理が追いつかないのだろう。眉根を寄せるティエンに、ネロリは小さく手招きする。大人しく近寄ってきたティエンの手首を掴むと、ネロリはゆっくりと指先に意識を集中させた。言い聞かせるよりやってみた方が早い。

「……今、お前の体から俺が魔力を吸い取ってるの、わかる？」

「……わかります。腕がだるくなりますから」

「だよね。普通はわかる。でもこれが同質の魔力を持つ者同士だと、相手に魔力を抜かれても気づかないいんだよ」

ネロリに手首を掴まれたまま、ティエンは疑わし気な視線を向けてくる。ネロリはティエンから魔力を抜くのをやめ、でもその手を離そうとはせずニコリと笑った。

「本当だって。試しに兄貴からこっそり魔力抜いてみたけど、全然気がつかなかったもん。フラムじゃなくて、ヴァルトの方ね。ばれてたら俺、とっくに死んでるはずでしょ？」

言うが早いか、ヒッとティエンが喉を鳴らす。頬が一瞬で恐怖に引き攣《つ》り、次の瞬間、突風が吹き抜けていくような怒号が叩きつけられた。

「貴方という人は――…っ…何を考えているんです！　そんな恐ろしいこと……命が幾つあっても足りません！　ヴァルト様にそんなことをしたら本気で殺されかねないことくらいわ

かっていたでしょう!」

「そうなんだけどさ、フラムは気づいても黙って見過ごしそうだったから」

だからって……! と顔を赤くして怒鳴りつけようとするティエンの手首を強く握り、無事だったからいいじゃない、と笑顔ひとつで黙らせる。

「それより、そろそろキスの呪いの理由、わかってきた?」

ティエンは低く唸ると、ネロリの笑顔からそろそろと視線を逸らして頷いた。

「大魔王様は、キスをして魔力を同質のものにした悪魔が大魔王様の部屋に侵入しないよう、呪いをかけたのですね。……でも、相手が死ぬと自分も死ぬという呪いは、それほどの脅威になるのですか?」

上位の悪魔同士ならまず命の危機に晒されること自体滅多に起こらぬことなのだから意味はないのではないかと思っているらしい。ネロリはぐるりと目を回して空を仰ぐ。

「そりゃあなるよ! だって上位の悪魔たちなんて皆プライド高くって、自分が一番強いと思ってるんだから。自分より弱い相手に命を預けるなんて恐ろしくってできるわけがない。剝き身の心臓相手に取られるようなもんなんだから。実際親父に呪いをかけられてからキスをしたのはクライブくらいだ。あれは本当に愛情表現のためにやったことで、反乱の意思はないって親父にみなされて今も七公爵やってるけど、呪いは免れなかったと思うよ」

ここでようやく、話の冒頭に戻る。ティエンは軽く目を見開いて、信じられないというような顔でネロリを見返した。

「では、クライブ様はもしもタキ様に何かあったら――……」

「当然死ぬね。どれだけクライブとタキ君が遠く離れた場所にいても、クライブが傷一つ負っていなくても、タキ君の心臓が止まった瞬間クライブの心臓も止まる」

だからネロリは、クライブは本当に勇気があると思っている。自分よりずっと魔力が低く、下位の悪魔に絡まれただけで簡単に命を落としそうなタキによく自分の命を預ける気になったものだと。

「ちなみにタキ様はこのことを――……」

「知らない。キスの呪いは、呪いをかけられた上位の悪魔たちがひた隠しにしてる。世に知れたら大変なことになるからね。下位の悪魔たちが本気で唇狙ってくるよ。キスした相手に『言うことを聞かなかったら死んでやる』なんて言われたら、手も足も出ないでしょ?」

それに、とネロリは微かな苦笑を漏らした。

「タキ君、気が弱いからね。自分のせいでクライブが呪われたなんて知ったら、罪悪感で一杯になって城を飛び出しちゃうよ」

「……そんなことをして自らを危険に晒す方がよほどクライブ様の迷惑になるのでは」

「そういう冷静な判断にちょっと欠けるところのある子だから」

どんな人物だ、と訝《いぶか》る表情をティエンは隠さない。

確かにいろいろと興味深い子ではあったな、とネロリがタキのことを思い返していると、ふいにティエンの顔が強張った。ネロリに手首を摑まれたまま、みるみる頰が青褪《あおざ》める。

「……ネロリ様、ちょっと待ってください。ちなみにその呪いをかけられているのは七公爵様たちだけなのですか……？」

「いや、それに準ずる魔力を持つ奴らは全部。だから魔界を治めてる七十八の悪魔たちも呪われてるよ。ついでに土地を治めるには至らなかったけどその候補に挙がった悪魔も全部。俺も昔候補に挙がったことあったから――……」

「まさか貴方まで呪われているんですか⁉」

呪われてるね、とけろりとした顔でネロリが答えると、ティエンの頰が一層青くなり、次の瞬間、火を噴いたように赤くなった。

目を丸くしたネロリの前で、ティエンは自分の手を摑むネロリの手を、もう一方の手で力任せに上から握り締めた。まるでその場に縫いつけるように。

「貴方は――…っ…呪われているくせに何度も私にキスをしようとしたのですか！　もしも私が拒まなかったらどうするつもりだったのです！　それどころかあんなに口を近づけて、本当に唇が触れ合っていたらどうするつもりだったのですか！」

「え……どうって……」

「自殺行為です！　なんて馬鹿なことを！」

予想外の剣幕で怒り狂うティエンに、さすがのネロリも圧倒される。

ネロリだってまさかティエンが自分の唇を受け入れるなんて思っていなかった。ティエンは単なるはしたない行為としてキスを止めようとしていただけだろうが、どちらにしろ絶対に自分と唇を合わせることはしないだろうという確信もあった。だからこそ、毎回全力でキスを拒むティエンを面白がって見ていられたのだが。

ネロリの手を掴むティエンの手は、怒りでぶるぶると震えている。これは「何事もなかったからいいじゃない」などという気楽な言葉では済まなそうだ。

「大体貴方は王族だという自覚に乏しすぎるんです！　もっと身の程をわきまえてください！　そんな恐ろしい呪いをかけられているくせに、どうして私にああも軽々しくキスを仕掛けてこられるのか理解ができません！」

「いや、ティエンとだったら一蓮托生《いちれんたくしょう》もいいかなーって……」

「心にもないことを！」

怒り心頭で咆哮《ほうこう》のような声を上げるティエンに、ネロリも言葉が返せない。今は何を言っても火に油だ。

ちょっと時間をおく必要があるようだが、どうやってこの場を逃れようかと室内に視線を走らせたネロリは、先程クライブが使っていたティーカップの横に白い手袋が置かれていることに気がついた。これ幸いとばかり、ネロリはクライブの座っていた席を指差す。

「ティエン！　大変だ、クライブが忘れ物してる！」

「またそうやってごまかすおつもりですか！」

「いや今度は本当！　ほら、手袋忘れてる、手袋！」

ほらほら、と急《せ》かすようにネロリが繰り返すと、ようやくティエンも背後を振り返った。視線の先には確かにクライブの手袋があり、ネロリの手を摑んでいたティエンの指先から力が抜ける。

その一瞬の隙を見逃さずティエンの手の下から手を抜いたネロリは、素早く立ち上がるとクライブの手袋を摑んだ。

「今追いかければ間に合うから、ちょっとクライブに届けてくる」

「ちょ……ネロリ様！　話はまだ——……！」

「帰ったらちゃんと聞くから。すぐ戻るから、ここで待ってて」

言葉の途中でバルコニーに出る窓を開けたネロリは、最後に室内を振り返ってほんの少し口調を改めて言う。

「いいね、ここで待ってて。本当にすぐ戻るから、部屋から出ないように」

ティエンは納得のいかない顔だったが、基本的に主人の命令に対しては従順だ。黙って頭を下げるティエンに小さく手を振って、ネロリはバルコニーの柵《さく》を乗り越え魔界の広い空に身を投げた。

落下していく途中、大きく翼を広げながらネロリは小さな息を吐く。エックハルトが動き出した以上、城の中も安全とは言えなくなってきた。ティエンにもこれまでのようにあまり自由に城内を歩き回らせない方がいいだろう。

（言いつけを守って大人しく部屋にいてくれるといいんだけど……）

あの怒り方を見たらちょっと心許《こころもと》ないな、と思いながら大きな翼で風を摑もうとしたら、一瞬ぐらりと体が揺れた。いつものように風を摑みきれず、慌てて翼を上下させる。何やら思うように翼が動かない。

（あら、魔力減少の効果が出てきたのかな……？）

もう一度意識を集中させて翼を動かし、なんとか気流を摑んで空高く舞い上がった。

そろそろ飛んで移動するのも控えるべきかと思案していると、前方に見慣れた馬車を見つけた。

馬車といっても地上を走っているわけではない。真っ黒な毛並みの馬を先頭に、優雅に空を翔けている。赤と金で装飾された二頭立ての豪奢な馬車は、クライブのものだ。

「クライブー、おーい、クライブってば、忘れ物だぞー」

翼を上下させながらネロリが声を張り上げると、馬車がゆっくりと減速して、やがて空中でぴたりと止まった。

多少上下にぶれながらなんとか馬車に追いついたネロリは、御者のいない馬車の中を覗き込む。金で装飾された窓の向こうにはクライブがいて、怪訝《けげん》な顔でネロリを見返してきた。

「……どうした。まさか本気でタキのシチューを食べにくるわけじゃないだろうな？」

「違うって、忘れ物」

はい、と手袋を差し出すと、ようやく自分が素手でいることに気づいたらしい。クライブは素直に礼を言ってネロリから手袋を受け取る。それに手を通しながら、クライブは窓にぶら下がるようにしてこちらを覗き込むネロリを見て眉根を寄せた。

「それにしても、魔力が減少しているのは本当らしいな。飛び方がぎこちなかった」

「あ、やっぱりばれた？」

「そんな状態で外に出ても大丈夫なのか？　忘れものくらい、ティエンに任せればよかっただろうに」

ネロリは窓枠に腕をかけたまま、いやぁ、と困ったような顔で笑う。

「ティエン、空飛べないんだよね」

「……なんだと？」

「いやいや、飛べるんだけど、人の姿を保ったまま飛ぶことができないんだよ。翼を出そうとすると本来の姿に戻っちゃう。それにティエンはあんまり、自分の本来の姿が好きじゃない。だから人目に晒すのが恥ずかしいみたいで」

悪魔は普段人の姿を借りて活動しているが、その本性は人の形とは大いに異なる。身分の高い悪魔などは滅多なことでは本来の姿を他人に見せることなどないが、激昂したときや感情が昂《たか》ぶりすぎて我を忘れたときには、人の姿を保ちきれなくなることもある。

だがティエンの場合は、翼を広げるだけで人の姿が崩れてしまう。だからティエンは他の悪魔たちのように気楽に翼を広げることができない。冷静な状態を保ったまま本来の姿に戻るのにさえ、かなりの集中力を要する。

クライブはネロリの説明を聞き終えると、無言のままじっとネロリの顔を見た。そしておもむろに、こんなことを言う。

「……そんな理由のためだけに、わざわざお前自ら外に出たのか？　ティエンが恥ずかしがるから？」

「そんななんて言わないでやってよ。本人にとっては深刻なんだから」

「——……お前本当は、ティエンのことが好きなんじゃないのか？」

窓枠に腕をかけてクライブを見上げていたネロリは、意外なことを言われたとばかり大きく眉を上げた。

「本当はっていうか、好きだよ。ずっと言ってるじゃない。ただ、千年先のことまで約束してやることはできないっていうだけで」

ティエンにもいつか訊かれたことがある。貴方は本当に私のことが好きなのですかと。

だからネロリも至極真面目に答えた。もちろん好きだよ。今はね、と。

ネロリとしては一番真実に近い回答をしたつもりだったのだが、ティエンは浮かぬ顔で俯いてしまった。何がいけなかったのだろうと、未だにネロリはよくわからない。たった今、誰よりティエンが好きなことは間違いないのに。

クライブはしばらくネロリに視線を止めた後、目を伏せてごく小さな声で呟いた。

「お前はお前なりに、ティエンに対して誠実であろうとしているわけか」

「確証のない約束は罪なことだからね」

悪魔がよく言う、とクライブは低く笑って、手袋をつけた手を軽く打ち合わせた。それに応《こた》えて、馬車を引く馬たちがゆっくりと歩き始める。

「ともかく、わざわざ悪かったな。他の悪魔に狙われないよう、用心して戻れよ」

「あれ、魔力減少中の俺を送ってもくれないの?」

「シチューが冷める」

あっさりと言ってのけ、本当にクライブはそのまま自分の城に向かって去っていってしまった。次第に加速していく馬車を見送り、ネロリはひっそりと笑みをこぼす。

(あれじゃあタキ君に絶対服従してるって言われても仕方ないなぁ)

昔は感動の薄かったクライブが、たったひとりの悪魔にあんなにも夢中になってしまうとは思わなかった。呪われることも厭わずに、相手に自分の気持ちを伝えようとキスをしてしまうくらい。

（……千年先の自分のことを瑣末なことと切って捨てられるのって、一体どういう感じなのかね）

よくわからないな、と頭を掻き、でもそこまで自分以外の誰かに夢中になれるクライブを少し羨《うらや》ましくも思いながら、ネロリはまたフラフラと城に向かって飛び始めたのだった。

ネロリがティエンと出会ったのは、もう何百年も前の話になる。

悪魔も滅多に足を踏み入れない魔界の外れ、深い渓谷がぱっくりと大地に口を開けたその場所で、ネロリは瀕死《ひんし》のティエンを見つけた。

凍りつくような冷たい水が飛沫《しぶき》を上げる谷底で、ティエンはぐったりと岩場に伏して動かなかった。体力はもうほとんど残っていないようで、すでに人の姿を保つこともできないらしい。本来の姿に戻って体を丸めるティエンは、一見すると視界一杯を埋める白い山のようにしか見えなかった。

『生きてる？』

うずくまるティエンから少し離れた場所で、大きな石に腰かけたネロリが声をかけると、ようやく山のような体が動いてティエンが顔を上げた。

本来の姿に戻ったティエンは、大きな竜の姿をしていた。

だが、決して美しい見かけではない。肌はむらのある鈍色で、胸や首は鉄の板を張り合わせた甲冑《かっちゅう》のようだ。顔は刃《やいば》のように鋭い鱗《うろこ》にびっしりと覆われ、口元から覗く牙《きば》もガタガタと不揃いだった。ワイバーンなのか腕はなく、ずんぐりとした蛇の体に翼と足が生えたようにも見える。

ネロリを見返す鉛色の瞳には強い警戒心と、その裏にちらつく恐怖心が見え隠れしていた。体中傷だらけにしているところを見ると、恐らくここへ来るまでにさんざんな暴行を受けてきたのだろう。美意識の高い悪魔は醜いものをひどく嫌う。己の醜さを棚に上げ、見たくもないとばかり暴力を振るい、自分の視界から排除しようとする悪魔は多い。目の前の竜はどう見たって美しくはない。どこに行っても悪魔たちから追い回され、こんな谷底にまで逃げてきたのだろう。

谷底で蠢く物を見つけ偶然傷ついた竜を発見したネロリは、その姿をしげしげと見詰めてからゆっくりと立ち上がった。途端に竜は牙を剝き出しにして、威嚇するように大きく翼を広げてみせた。それだけで谷底に強い風が吹き抜けて、ネロリは軽く目を瞠る。

竜の銀色の翼はボロボロだった。破られ、裂かれ、血にまみれて、剝き出しの鉄骨のような骨も所々折れている。けれどネロリが目を奪われたのはそこではなく、他に類を見ないその翼の大きさだ。

ただでさえ大きな竜の体の、三倍近くはあるだろうか。最早視界にも収まりきらないほどのそれを見上げ、ネロリは思いがけず歓声を上げた。

『こんなに大きな翼を見たのは初めてだ……！』

無自覚にはしゃいだ子供のような顔をして、ネロリは竜の顔に視線を戻す。相変わらず竜は威嚇するように牙を剝いたままだったけれど、ネロリは屈託なく笑ってティエンの翼に向かって両腕を伸ばした。

『お前の翼はいいね。大きくて、どこまでも高く上っていけそうだ、誰よりも速く飛べそうだ』

真っ直ぐに伸びた骨と、その間を覆う銀の被膜。多少不完全な左右対称を描く翼は、破れていても折れていてもなお美しかった。だからネロリは目を細めて呟く。

『……本当に綺麗だ』

瞬間、竜の瞳がわずかに揺らいだ。

その些細《ささい》な変化を感じ取り、ネロリはサッと竜の様子を観察する。

竜の瞳にはまだ多少の不安が見え隠れするものの、怒りや憤りの感情は消えていた。今の一言で、竜の心に何某《なにがし》かの変化が生じたらしい。

たまたま谷底に竜の姿を見かけ気まぐれで近づいてみただけのネロリだったが、ふいに好奇心に火をつけられ、さらに一歩竜に向かって足を踏み出した。

『可哀相《かわいそう》に、よく見たらまだ子供みたいな顔をしてるじゃないか。それなのにこんなに傷だらけになって……』

微笑んで、いかにも優し気な声を出した。竜はうろたえたような唸り声を上げたものの、もう牙を剝き出しにすることはない。

『ひとりで辛《つら》かっただろう。怖がらなくていいよ、俺はお前に危害を加えない』

ネロリは竜に触れられる距離まで近づくとようやく足を止めた。竜の顔は見上げるほどの高さにあり、その巨体に押し潰されたらネロリなどクレープのように薄っぺらに引き伸ばされてしまいそうだ。

ネロリは黙って竜の胴に触れる。思った通り、金属のように硬い鱗に覆われた体は冷たい。さすがに警戒したのか竜は低く吠《ほ》えたが、ネロリは唇に浮かべた笑みを絶やさず静かに両目を閉じた。

『少し俺の魔力を分けてあげる。そうすれば、またこの場所から飛び立つことができる』

竜に触れたネロリの手がうっすらと青白い光を放つ。随分と魔力を消耗しているらしい竜に自身の魔力を分け与え、体力の回復を促した。

竜に魔力を与えながら、ネロリは薄く微笑んで考える。

精神的にも肉体的にも、弱っているときに手を差し伸べられると人間というのは面白いほど呆気《あっけ》なく陥落する。だがそれは、悪魔に対しても有効なのだろうか。

以前から考えてはいたものの、なかなか実行する機会のなかった実験がこんなところで行えるとは思ってもいなかった。

ネロリはゾクゾクと背中を駆け上がる好奇心の波に翻弄《ほんろう》されぬよう注意深く竜に魔力を送り続けた。竜はまだネロリを警戒しているようだ。

ある程度まで回復したら、竜は自分に襲いかかってくるだろうか、それともすがりついて頭を垂れるのだろうか。どちらにしろ面白い結果になりそうだった。

わくわくしながら竜に魔力を注ぎ続けていると、手元にびしゃりと水がかかった。

雨、ではない。もっと大量の、ボウル一杯に溜めた水をひっくり返されたような感じだ。驚いて顔を上げると竜はずっと前からこちらを見ていたようで、その目から大粒の涙をこぼしていた。

ぱしゃり、とまたネロリの手元に涙が落ちる。鉛色だった竜の目は、洗い流されたように青みと輝きを取り戻し、灰青色の静かな光を湛《たた》えている。

竜が泣くことなどあるのかと呆然とその顔を見上げていたら、竜は静かに首を下げた。鱗に覆われた竜の顔が、ネロリの目線の高さまで下りてくる。何をするのかと思ったら竜は大きな口を開けてネロリの腕に牙を近づけた。噛むつもりか、と思ったが、それにしてはやけに動きが鈍い。するに任せていると、竜はネロリの腕を傷つけぬよう慎重に牙の先でその手を押しのけ、自分の体から離そうとしているようだ。

自分には構わないでくれていい、と言っているようだった。魔力を分け与えられたところでもうこの場所から飛び立てないことを覚悟しているのか。どこへ行っても居場所などなく、

またこの場に舞い戻ってきてしまうことをわかっているのかもしれない。

ネロリが手を離すと、竜はまたゆっくりと首を上げた。途中、再び竜の涙が落ちてきて、ネロリの頬を掠め地面に落ちていく。

ネロリは竜の顔を追うように顔を上げ、静かにこちらを見下ろしてくる竜を見詰めた。

（……他人の優しさが泣くほど嬉しいくせに、すがりついてくることはしないのか）

予想外の反応だった。ありがとう、と礼を言い、でももう行ってくれ、と突き放す。

無骨な見た目に反して、実に気高い竜だった。

惜しい、とネロリは思う。自分の予想を綺麗に裏切ってくれる者など、人間であろうと悪魔であろうと実に稀な存在だ。それをこのまま打ち捨てていくのは、あまりに惜しい。

だからネロリは、もう一度竜の胴に手を添えた。竜が身じろぎするより早くネロリの指先に火花が散って、次の瞬間、ネロリの体から目も眩《くら》むような青白い光が放たれる。

ぎょっとしたように目を見開く竜の体から、見る間に傷口が消えていく。全力で竜に魔力を注ぎ込みながら、ネロリは唇の端を持ち上げて竜を見上げた。

『居場所をやろう。俺と一緒においで』

微笑はもう、先程のような優しさだけに満ちたそれではなかった。

竜が後ろに体を引こうとするのを許さず、ネロリは威圧的な笑みを浮かべて言った。

『駄目だ、おいで。俺がそう決めたんだから、もう駄目』

短い言葉が終わる頃には、竜の体からはすっかり傷が消えている。鋭い鱗に覆われた顔に戸惑いの表情を浮かべる竜から手を離すと、ネロリはまたころりと表情を変え、今度は人なつっこい顔で笑った。

『悪いようにはしないよ。お前の不利益になるようなことは絶対にしない。約束する、お前に嘘はつかない』

実に軽い口調ではあったが、ネロリは本気だった。

目の前にいる竜に嘘はつかない。真実だけを口にしよう。普段、滅多なことでは本音を口にしない自分にとって、それは思いつく限り一番誠実な交換条件のつもりだった。

目の前の気高い竜に安易な予想を押しつけてしまったことに対する、それが自分なりの罪滅ぼしだとも思った。

おいで、とネロリはもう一度手を差し伸べる。

竜は一瞬で自分の傷を治したネロリの魔力の高さを悟ったらしい。今度は大人しく頭を垂れてネロリの手に鼻先を近づけた。

そうやって谷底から銀の竜――ティエンを拾ってきて、どれほどの時が経ったのか。

城に連れられてきたティエンは、まさかネロリが王族だとは思ってもいなかったらしい。平身低頭ネロリに頭を下げて礼を言い、せめてものお返しにと城内でネロリの後をついて回っては、あれこれ世話を焼くようになった。

ネロリもティエンのことは気に入っていたたし、何より不利益になることはしないと約束していたのでティエンの好きなようにさせていたら、兄たちを含む城の悪魔たちがその様を見て、ティエンをネロリの専従執事にしてしまったのだ。それまでのネロリは何かと小言を言ってくる執事を嫌いすぐに城から追い出してしまうのが常だったので、自分で連れてきた悪魔ならば大人しく側に置いておくに違いないと判断したらしい。

そのときも、ネロリはティエンを自分の執事にすることに反論しなかった。ティエンが城にいる正当な理由ができるのだからそれもいいかと思っていた。城にいれば、少なくともティエンは以前のように、他の悪魔たちから無下に虐げられることはないだろう。

専従執事になるとティエンはますます張り切ってネロリの身の回りの世話を焼いた。時々は小言を挟んでくるようにもなったが、それもネロリはすべて許した。ティエンの小言はそれまでの執事たちのように自分の利潤のためではなく、城内でのネロリの立場を慮《おもんぱか》ってのものだとわかっていたし、自身の利益を度外視してそういう気遣いをするティエンが面白くもあった。

最初はただ、面白半分でティエンを見ていたに過ぎない。ネロリにどれだけお説教を聞き流されようと、古くから城にいる執事たちに白い目で見られようと、めげずにネロリの後をついて回るティエンを興味深く見守っていた。

十年持ったら大したものだな、と思っていた。でも百年経ってもティエンは城から逃げ出さなかった。さらに百年、もう百年と、ティエンは城にい続けた。

そうこうするうちにネロリは、魔界の城に帰るたび真っ先にティエンの所在を確かめるようになっていた。そして気がつけば、百年に一度しか城に戻らなかった自分が、一年と間をおかず足しげく城に顔を出すようになっている。

何度帰っても、ティエンの態度は変わらなかった。城内でネロリの名を笠に着て怠惰を貪《むさぼ》ることもなく、従順に働き、純粋にネロリの行く末を案じている。

ネロリが城にいない間は、本来ネロリがこなすはずの雑務などをして過ごしているティエンに、いつだったか尋ねてみたことがある。どうしてそこまで自分のために尽くしてくれるのかと。

悩んだ末に、ティエンはこう口にした。

『……私を見つけて、拾ってくださったので』

それだけ？　とネロリが尋ねると、ティエンは困ったような顔で笑った。

『貴方にとってはそれだけのことでも、私にとっては大切なことです』

ティエンが自分に対して恋愛感情のようなものを抱いているらしいと悟ったのは、それからまたしばらく経ってからのことだ。

理由はよくわからなかった。自分はティエンを谷底から拾い上げてやったことくらいしかしておらず、城に連れてきてからはほとんど放任で、恋心を抱かれるいわれがない。

考え込んで、弱みにつけ込んだからかな、と思い至ったとき、少なからず落胆している自分に気づいて驚いた。

精神的にも肉体的にも、弱っているときに手を差し伸べられたら陥落してしまうのは人間も悪魔も一緒なのかと、そんな好奇心からティエンに手を差し伸べたのは自分だったのに。実際そんな理由でティエンが自分を慕っているのかと思ったら、自分でなくてもよかったのではないかという結論に辿り着いてしまい面白くなかった。

面白くないのは自分もまたティエンを好もしく思っているからだろうという推測くらいはすぐについた。基本的にティエンには嘘をつかないことに決めていたネロリは、だからすぐにティエンに好きだと告げた。

それで丸く収まってくれれば、一番よかったのだけれど。

やはりティエンは賢く気高い竜だった。ネロリの顔をじっと見上げ、こう言った。

『ではこの先もずっと、私のことだけ好きでい続けてくださいますか？』

それは無理だ、ととっさに思った。千年先のことまで確約することは自分にはできない。人も悪魔も、どれだけ固い誓いを立てても何かの弾みであっという間に心変わりをするさまをつぶさに見てきたネロリには、自分の心だけ不動のものと信じることはできなかった。

ずっと好きだよと言ってしまうことは簡単だ。だがそれでは、ティエンに嘘をつくことになる。

今この瞬間だけなら誰にも負けないくらいティエンのことが好きだよと、そう伝えることしかネロリにはできず、案の定ティエンはその回答に傷ついた顔をして目を伏せた。

あのとき、本当はなんと言えばよかったのだろう。

この先無限に続く時間を経てもなお目の前にいる人物以上の誰かには出会わないと、どうしたら確信することができたのか。

確信などできないから本当のことを言った。

でもそれが正解だったのかどうか、未だにネロリはわからずにいる。


クライブに手袋を渡し城に戻ると、部屋にティエンの姿がなかった。

ネロリは小さく眉根を寄せる。あれほど部屋で待っていろと言ったのに。ティエンの性格上、仕事もせずに部屋でぼんやりと待っていることが苦痛だったのはわかるが、今回だけは言いつけを守って欲しかったところだ。

(城の中はもう安全とは言いきれないっていうのに……)

溜息をつき部屋を出る。自然と足早になっている自覚はネロリにない。

しばらくバタバタと城内を歩き回っていると、玄関ホールからティエンの声が聞こえてきた。微かに響くその声に耳を集中させる。まだ大分距離はあるがネロリの耳は鮮明にティエンの声を拾い上げ、ラジオのチューナーを合わせるように、耳元ではっきりと二人の声が流れ始めた。

「……一体どういうおつもりです、エックハルト様！　よりにもよって王位継承にまつわる秘密事項を口外するなんて……！」

やにわに耳に飛び込んできたティエンの憤ったような声に、ネロリは呻き声を上げる。状況を理解するのに瞬きほどの時間もいらなかった。どうやらティエンはネロリとクライブの会話を耳にしてしまったらしい。大方部屋から漏れ聞こえてくる声を廊下で聞いてしまったのだろう。そういえばネロリに紅茶をつぐとき、ほんの少しティエンの手元が狂ったのを思い出す。多少動揺していたのだろう。

（だからってエックハルトに直接文句つけに行くとか……相変わらず無謀だな）

廊下を走りながら嘆息すると、今度はエックハルトの声がした。

「これは面妖《めんよう》な。そのようなこと、私は一言も」

エックハルトはあくまでとぼけるつもりらしい。ティエンが歯軋《はぎし》りする音が聞こえる。

「ごまかさないでください！　貴方が七公爵の皆様に魔力減少の話をしていると教えてくださった方がいるのです！」

「ほう、それは一体どなたですかな？」

エックハルトの切り返しに、グッとティエンが言葉を詰まらせた。さすがにここでクライブの名を出すことは得策でないとわかっているのだろう。

黙り込んだティエンを嘲笑《あざわら》うように、エックハルトは小さく鼻を鳴らす。

「情報の出所も不確かなようでは、とても信用に足るとは思えませんな」

「でも…っ…確かに貴方が――…っ…」

「そんな証拠がどこにあるのです。それよりも、元をただせばネロリ様の振る舞いにも問題があるのです。兄上様たちのように魔界の情勢に目を配ることもなく、好き勝手にそこら中を遊び回って、周りの者たちから王の器にふさわしくないとみなされたからこそ、そのような不名誉な噂が立ったのでは？」

侮蔑《ぶべつ》の表情を隠そうともせず薄ら笑いを浮かべてそんなことを言うエックハルトに、さすがのティエンもカッときたらしい。思わずといったふうにティエンが一歩足を踏み出しエックハルトとの間合いを詰める。そのままエックハルトの胸倉を摑もうとしたのかはわからない。だがその瞬間、待ち構えていたようにエックハルトの目の色が変わった。

金色がかった薄茶色の瞳から、燃えるような赤へ。それに気づいたティエンがハッとして後ろに身を引いた、次の瞬間。

「エックハルト」

ホールの高い天井に、落ち着いたネロリの声が響き渡った。

ホールの中央で対峙していたティエンとエックハルトが同時に声のした方を向く。ネロリは螺旋階段の途中で手すりに凭れかかり、腕を組んで二人を見下ろしていた。

ネロリと視線が合った瞬間、エックハルトの赤い瞳がスッと普段の薄茶に戻る。ネロリは胸の前で組んでいた腕を解くと、赤い絨毯の敷き詰められた階段を下りながら口を開いた。

「エックハルト、今何しようとしてた？」

「何も。ティエンと話をしていただけですが？」

エックハルトはまるで動じる素振りもなく淡々と答える。そう、と頷いて、ネロリは唇の端を持ち上げた。

「俺のことを悪く言うのは概《おおむ》ね事実だから構わない。でも、ティエンには手を出さないように。……いいね？」

階段を下り切って正面からエックハルトと向かい合うと、ネロリは笑顔でそう告げる。声の調子は普段と変わらないが、ネロリの周辺の空気がピンと張り詰めているのはエックハルトにも、ティエンでさえ肌で感じ取れただろう。エックハルトは無言のままネロリに会釈をすると、何事もなかったかのようにホールを後にした。

エックハルトがホールから出ていくのを最後まで視線で追って確認してから、ネロリは小さな息を吐く。ようやく視線を前に戻すと、ティエンはホールの真ん中で俯いて小さく震えていた。

「……何してんの。ちゃんと部屋で待ってるように言ったでしょ」

ティエンに歩み寄りながら言ってみても返答はない。俯いたままのティエンにあと一歩の

てカリカリしてるんだから」

「あとね、あんまりエックハルトを刺激しない方がいい。兄貴がいなくなってカリカリしてるんだから」

　というよりは、ネロリの予想以上に自暴自棄になっているようだ。まさかエックハルトが城内であんな目をするとは思わなかった。赤い目は本来の姿に戻る前兆に他ならない。

　あれは本気で、目の前にいる相手を屠《ほふ》ろうとする目だった。もしも自分が声をかけるのがあと少し遅かったら、ティエンが無事でいられた保証はない。

　どうしたもんかな、とネロリは頭を掻く。

　今はまだ、エックハルトは完全にネロリと敵対する気はないようだ。とはいえやはりネロリに王位を譲るのは気に食わないらしく、それならばいっそヴァルトに目をかけられていたギルベルト辺りに王位を預けておきたいとでも思っているのかもしれない。

　ネロリだってギルベルトに王位を預けるまでもなく、兄が戻ってきたらいくらでも王位など返上するつもりでいるのだが、エックハルトは端からネロリの言葉に耳を傾ける気もないようだ。ネロリを見るエックハルトの目つきから、どう説得したところで無駄だろうことは火を見るよりも明らかだった。

　本当なら危険因子であるエックハルトは今すぐにでも城から追い出したいところだが、そんなことをしたらエックハルトはこれ幸いとばかりネロリが王位につくのを妨害してくるだろう。曲がりなりにもネロリはヴァルトの実弟、兄のいない今ネロリが王位を継ぐのは理にかなったことで、これをなんの理由もなく攻撃するのは難しいが、城を追い出されたとなればそれなりの大義名分が立つ。帰ってきたヴァルトに言い訳のしようもあるだろう。

城の内情を知っているエックハルトを敵に回すのは、できれば避けたい。どうにか穏便に残り三日をやり過ごすしかないと、ネロリは宥めるような口調でティエンに言う。

「ともかく、余計なことはしなくていいから」

そう口にした途端、ティエンの肩が大きく震えた。小刻みに震えていた体が一瞬停止して、直後、ティエンが勢いよく俯けていた顔を上げる。

「…っ…何が余計なことですか！」

ホール内に反響するほどの大きな声でティエンが叫ぶ。その顔を真正面から見て、ネロリは軽く目を瞠った。

てっきりエックハルトに威嚇されて怯《おび》えているのかと思いきや、ティエンはずっと怒りに震えていたらしい。爛々《らんらん》と光る目でネロリを睨みつけ、悔しそうに奥歯を噛み締めている。ネロリが止める間もなく、激昂して普段より赤く見える唇から怒号が飛び出した。

「ネロリ様が王の器にふさわしくないなんて、次期魔王に向かってなんてことを！」

「いや、それはまぁ、兄貴たちと比べたらそう思われたって……」

「私はそうは思いません！　ネロリ様はお兄様たちと比べたってまったく劣ったところはあ

りません、貴方こそ魔王にふさわしいと私は――……っ……」

「わかった、わかったからちょっと落ち着いて」

ティエンの言葉が終わらぬうちに、ネロリはティエンの口を片手で塞ぐ。まだエックハルトが近くにいるかもしれないのに大声で兄と自分を比較などされたらたまらない。ティエンは嫌がって顔を背けようとしたが、ネロリはもう一方の手でティエンの肩を押さえると、ティエンの口を塞いだ自分の手の甲に音を立ててキスをした。

掌の下でティエンが息を飲むのがわかった。呪いのことが頭を掠めたのだろう。ティエンが硬直しているその隙に、ネロリは素早く今後の対策について考える。

この先エックハルトがどんな形で裏切ってくるかわからない。裏でこそこそ妨害されるだけかと高をくくっていたが、それも怪しくなってきた。だからといって安易に城を出るのは危険だ。自分の魔力は減少しつつある。外で誰かに取り囲まれてしまったら終わりだろう。

(部屋に結界でも張っておくか……でも最終的には完全に魔力が空になるんだから結界すら張れなくなる可能性も……クライブに何か護身用の魔法具でもないか訊いてみるか……?)

クライブは魔界の発明者として名高い。日々妙な研究を続けているから、そんな道具の一つや二つ持っているかもしれない。

そんなことをつらつらと考えていると、ふいにティエンが大きく首を振って口元からネロリの手を引き剝《は》がした。どうやら驚きから立ち直ったらしい。

先程よりはほんの少し冷静さを取り戻した顔でネロリを見上げると、ティエンは憮然とした声で言った。

「納得がいきません。やはりエックハルト様にはきつく口止めをしておかなくては」

一歩も引く気のないその顔を見て、ネロリは軽く眉根を寄せる。どうやらティエンは、たった今自分がエックハルトに盾ついて殺されかけた自覚がないようだ。ネロリは片手でティエンの肩をしっかりと押さえたまま、もう一方の手でがりがりと後ろ頭を掻いた。

「あのねぇ、ティエン……」

「事は一刻を争います！　このままエックハルト様を放っておいたら、七公爵の誰かが城を襲うかもわからないのですよ！」

「いや、エックハルトの行動に関係なく来るときは来るから。どうせあいつら、元から俺のこと認めてないんだし――……」

ティエンを落ち着かせるために口にした言葉は、逆にその神経を逆撫でしてしまったようだ。ティエンは大きく瞳を見開くと、体の内側で何かが爆発でもしたように体を震わせ大声を上げた。

「どうして貴方はご自身でそのようなことをおっしゃるのです！　正当な王位継承者である貴方を侮辱することなど、たとえ七公爵様たちでも許されることではないのですよ！」

火に油だったか、とネロリは顔を顰める。ティエンは最早怒髪天を衝《つ》く形相で、肩を摑むネロリの手が少しでも緩めばすぐにでもエックハルトを追って走り出してしまいそうだ。

（まずいね……。どうしたもんだろう）

普段のネロリならば、この程度のティエンの暴走は許す。だが今は、普段とは状況が違う。兄二人が消え、それまでヴァルトを筆頭としていた城内のパワーバランスが崩れた。その上自分は魔力が弱まって、空を飛ぶことすら覚束《おぼつか》ない。

（俺の魔力さえ減ってなかったら、ティエンが何をしたって全力で守れるんだけど）

ネロリはジッとティエンを見下ろす。視線に気づいて、ティエンも唇を真一文字に引き結んでこちらを見上げてきた。気の強い瞳からは、引き下がる気配などみじんも窺えない。

どうする、とネロリは自分に問いかける。

自分の身に危険が降りかかるのなら対処のしようもあるが、ティエンを狙われたらそちらにまで手が回るかどうか定かでない。

（……ティエンの不利益になることはしないって約束しちゃったしな）

ネロリは大きく息を吸い込むと、もう一方の手もティエンの肩に置いてしっかりと握り締めた。そしてわずかに身構えたティエンの瞳を覗き込み、ゆっくりとした口調で言う。

「ティエン、お前が俺のこと好きなのは、よーくわかったから」

ティエンは何事か反駁《はんばく》しようと口を開きかけ、だがネロリの言葉が想定していたものと違うと気がついたのか動きを止めて、次の瞬間、内側に火でもつけられたように一気に顔を赤くした。

「な…っ…何を言うかと思えば……！　そんなことはまったく関係ありません！　私はただ、ネロリ様の従者として――…っ…！」

言葉とは裏腹に、ティエンの声や表情にはありありと動揺が浮かんでいる。ネロリは皆まで言うなとばかり大きく首を振り、一層強くティエンの両肩を掴んだ。

「慕ってくれてるのも十分わかってるから。もうそういうアピールいいから、残り三日間、部屋で大人しくしてて」

「ふ、ふざけないでください！　私は決してそんなつもりはありません！」

ティエンは叩きつけるように叫ぶと肩を掴むネロリの手を憤然と振り払った。

ネロリは一瞬、払いのけられた己の手を見る。

（……結構本気で押さえつけてたつもりだったんだけど、こんなにあっさり振り払われちゃうんだ）

どうやら予想外に魔力の減少は進んでいるらしい。悪魔同士の力関係は単純な腕力だけでなく、魔力にも大きく左右される。

自分はすでにティエンを守るどころか、止める力さえないのかもしれないと悟ったネロリの決断は早かった。ネロリの顔から一瞬で親し気な表情が抜け落ちる。まるで感情の窺えなくなった顔でティエンを見下ろすと、ネロリは胸の前でゆっくりと腕を組んだ。

ネロリの顔つきが変わったことに気づいたのだろう。自分に対しては滅多に向けられない無感動なネロリの顔を見て、若干ではあるがティエンの体から怒気が薄れた。無意識なのか怯《ひる》んだように体を後ろに引くティエンを見下ろし、ネロリは一気に体温を落とした声で言い放った。

「じゃあ真面目に言うけど、行きすぎた好意は迷惑だ」

言葉は時として凶器になる。

ネロリが口にした言葉は、ざっくりとティエンの胸を抉《えぐ》ったらしい。実際胸から血が噴き出なくても、その表情を見ていればよくわかる。

怒りで紅潮していた頬は一瞬で青褪めて、凍りついたようにティエンはその場に立ち尽くす。ネロリを見上げる目が揺らいでいた。たった今自分が耳にした言葉が信じられないのか、冗談だと言われるのを待っているようにひたむきに見上げてくるその視線を、ネロリは容赦なく黙殺する。

無言のまま、胸の前で組んだ腕も解かずにティエンを見下ろし続けていると、やがて重力に屈するようにゆるゆるとティエンが視線を下げた。

「…………ご迷惑、でしたか」

「迷惑。自分の身ひとつ自分で守れないくせに、無駄な手間かけさせないで」

間髪入れずにぴしゃりと言い切ると、グッとティエンが息を詰まらせた。そのまま呼吸をすることも儘《まま》ならなくなったように、息を潜めて体の脇で両手を握り締める。

ティエンがこちらを見ていないことを確認して、ネロリはゆるゆると溜息を吐いた。

(……これだけ言っとけば、さすがに暴走しないでしょ)

ネロリはティエンのつむじを見下ろして、二度目の溜息は無理に飲み込む。

ネロリだって、ティエンがネロリのために周りが見えなくなるほど一生懸命になっていることくらいよくわかっている。だからこそ、ティエンを危ない目に遭《あ》わせたくはない。それを止めるためならば、多少意に沿わないことくらいいくらでも口にできる。

(嘘はつかないって約束したけど、全部嘘ってわけでもないしね。ティエンが暴走して怪我《けが》でもしたら……ほんと、迷惑……)

迷惑というのか、心配というのか、あるいはもしかすると怖いというのか。その辺りの微妙なニュアンスについては深く考えないことにしてネロリは唇を引き結ぶ。目の前でしょげ返るティエンを見ていると、どうにもフォローの言葉が口を衝いてしまいそうでいけない。

「わかったなら、早く部屋に——……」

これ以上黙って見ていられなくなって口を開いたネロリは、ティエンに背を向けようとした途中、目の端を過《よ》ぎったものにぎくりと体を強張らせた。

ティエンは俯いて、黙って唇を噛んでいる。身長差のおかげで、下を向いたティエンの表情はよく見えない。けれど、柔らかな頬から顎を伝って落ちた滴を見て、ネロリは翻しかけた体を不自然に止めてしまった。

唐突に、ネロリの脳裏に初めてティエンと出会ったときの光景が蘇《よみがえ》る。魔界の谷間で傷ついてうずくまっていたティエンは、ネロリが自分の魔力を分けてやると大きな目からバケツをひっくり返したような涙をこぼした。

あのとき、鈍色の瞳は涙で洗い流されたように灰色がかった青みを取り戻した。

でも、今はどうだろう。ティエンの瞳はあのときとは逆に、鉛のようにくすんだ色に戻っていたりしないだろうか。

うっかりティエンの名を呼んでしまいそうになり、すんでのところで飲み込んだ。ここで気遣うような声などかけたら、事態は何も変わらない。

ネロリは無言のまま喉を上下させる。そのまましばらく待っていると、ティエンは俯いたまま腰を折ってネロリに一礼をし、そのまま一度もネロリを見上げることなくホールから出ていってしまった。

ネロリはティエンの小さな背中を見送って、やがて完全に足音が聞こえなくなると、水から浮上してきたときのように天を仰いで、ぶはっと大きく息を吐いた。

自分が全身に力を入れていたことに気づき、脱力したようにその場にしゃがみ込むとネロリは緋色の絨毯を睨みつける。

（……だって他にどうすればよかった？）

危険から遠ざけるために、ティエンにはどうしても大人しくしていてもらう必要がある。自分の力だけではもう、ティエンを守り切れる確証はないのだ。そのためならば、多少きつい言葉をぶつけてでもティエンにブレーキをかけなければ。

その判断は間違っていないと思う。思うのに。

（――……なんでこんなに気が重いんだか）

おかしなことだとネロリは首を傾げる。こういうことには慣れているつもりだったのに。

ネロリは元来、人の調和を乱すのが好きだ。趣味といってもいい。だからネロリは人間界に身を置きたがり、行けば必ず同盟や協定と名のつくものを壊してくるし、少しでも不和の見え隠れする恋人同士は見るも無残に引き裂いてくる。

元来猜疑《さいぎ》心の強い悪魔たちの仲を引き裂くことは簡単すぎて興味もないが、信頼という不思議な関係性を持つ人間の仲を弄《いじ》り回すのは面白い。人の世に混乱の種をまくその情熱と手際のよさは、ヴァルトもフラムもネロリの足元にも及ばない。その一点におけるネロリの才能だけは、上の兄二人をはるかに凌《しの》いでいた。

これもひとつの才能になるのだろうが、ネロリはたくさんの人が入り乱れる集団の輪の中に入ったとき、誰と誰が諍《いさか》い、誰と誰が反目し合っているのか瞬時に見極めることができた。たくさんの人と思惑の集まる場所に、不満の芽がひとつも吹かないわけがない。ネロリはそういう、本来ならば自然に枯れてしまう小さな芽を見つけ出し、見上げるほどの大樹に育て上げるのが何より好きだった。

そのため、ネロリは人の言動をコントロールする術《すべ》に長《た》けている。相手の感情は簡単に操ることができたし、そうすることに罪悪感など覚えたこともなかった。

それはとても楽しいことのはずだった。楽しくて楽しくて、だからネロリはなかなか魔界にも、城にも戻らなかったというのに。

（上手にティエンのこと傷つけて、俺に対する信頼とか忠誠とか、思った通り全部へし折ってやれたじゃない。これでティエンは俺のために馬鹿なこととかしなくなるだろうし、何もかも、思い通りにいったはずでしょ？）

自分自身に問いかけてみるが、明快な返答は帰ってこない。

ネロリはホールの中央でしゃがみ込んだまま、不可解な感情を胸から追い出すように大きく息を吐いた。

何も思い煩う必要はない。ティエンを泣かせたことに予想外の後味の悪さを覚えている自分には正直驚いたが、それだって後からいくらでも釈明する余地はある。

（全部終わって、無事に王位が継げたらティエンに謝りに行けば問題ないから）

声は自然と、自分を宥めるような調子になっている。

他人を泣かせたことを、こんなにも言い訳がましく弁解している自分が不思議だった。

ネロリは思いを断ち切るように立ち上がり、オレンジ色の髪をかき上げる。

この先エックハルトがどう動くかわからない。七公爵たちの動向も不明だ。自分も魔力が減り続けている。まだ何ひとつ落ち着いたわけではないのだから、こんな所でのんびりしている場合ではない。

次の手を考えよう、とネロリは自分で自分に言い聞かせる。

わかっているのに何度でもティエンの涙を思い出し、いつになく非生産的な行為を繰り返す自分を奇妙に思いながら。

大魔王から腕輪を渡されてから五日目。腕輪に嵌め込まれた宝石は、赤味がかった紫から真紅に変化した。まるで宝石そのものに血が通っているかのような深い赤を右手にちらつかせ、ネロリがやってきたのは城のキッチンだ。

キッチンには大きな竈《かまど》や鍋《なべ》、ギラギラと光る包丁などが揃っているが、石の床は乾き切って、滅多にこの場が使われていないことを窺わせる。

ネロリは貯蔵庫から持ってきたパスタとベーコンを石造りの調理台の上に並べると、キッチンの脇に積まれていた薪《まき》を持ってきて部屋の隅に据えられた炉にくべた。

途中、ぐぅ、と腹が鳴ってネロリは苦笑を漏らす。

(まるで人間みたいだ)

炉の前に屈み込んで薪が燃え上がるのを待ちながら、ネロリは力なく項垂れた。どうにもこうにも、腹が減って注意力が散漫だ。

昨日、クライブが来たときからおかしいとは思っていた。これまで食事をしたいと思ったことはあっても、腹が鳴ることはなかった。いくら悪魔にとって食事が中毒性のある行為だとはいえ、毎日とらなくてもなんら支障はない程度のものだったはずなのに。

(なんだろね、本当に腹でも減ってるみたいに力が出ない)

ぐるぐると腹を鳴らしながら、ネロリはようやく立ち上がってキッチンの隅に置かれていた大きな甕《かめ》から水を汲《く》んで鍋に入れた。鍋を炉にかけて湯が沸くのを待つ間、ネロリは右手に嵌めた腕輪に視線を落とす。まだ推測の域は出ないが、どうやらこの空腹は魔力が減少していることに原因があるようだ。もしかすると魔力が失われるにつれ、人間の肉体構造に近づいているのかもしれない。

(まぁ悪魔から魔力取ったら、見た目はそのまま人間だしね)

沸騰した湯に塩を入れ、ざらりと円を描くようにパスタを投入する。パスタが茹《ゆ》で上がる合間に分厚いベーコンを切りながら、ネロリは軽い舌打ちをした。

これが人間の体だというなら、人間はなんて生きにくい生き物なのだろう。数時間おきに食事をしないと思考力すら低下するなんて不便なことこの上ない。その上料理ひとつ作るのにこんな手間と時間を費やさなければならないのも忌々しい。

普段のネロリなら、指先ひとつ鳴らすだけでその場にフレンチのフルコースだろうが懐石料理だろうが一瞬で出現させることができる。だが、魔力の乏しい今の自分にそんな芸当ができるはずもなく、こうして地道に料理を作っている。

ネロリは熱したフライパンに油を引くと、にんにくと鷹《たか》の爪《つめ》をそこに放り込み、香りが立ってきたところでベーコンを投入した。ジュージューと肉の焼ける音と匂いにきりきりと胃が痛んできて、堪えきれなくなったネロリはまだ若干早目だが鍋の湯をこぼし、芯《しん》の残るパスタをフライパンに投げ入れた。

最後に塩と黒こしょうを手荒にまぶすと、ネロリは器によそうこともせずフライパンから直《じか》にフォークでパスタを巻き取って口に運ぶ。

口に入れた瞬間、唾液《だえき》が一気に口内へ広がり、耳の下辺りがひどく痛んだ。軽く舌まで火傷《やけど》する。人間は実に不便だ。それでいて。

（……実に単純だな）

フライパンに山盛りのパスタを半分ほど食べ切ったところで、ネロリは深く息を吐きながら思った。

空腹が満たされると途端に心穏やかになるとは。即物的にもほどがある。

調理台に凭れて立ったまま食事を続けながら、ネロリは人気のないキッチンを見回した。

いつもなら、ネロリがどこへ行こうとついて回っていたティエンが今日はいない。昨日の忠告を聞いて大人しくしているつもりなのか、ネロリの側にすら寄ってこない。

（迷惑だって一言がそんなに効いたか……）

フォークでパスタを巻き取りながら、相変わらず予想通りに動かない、とネロリは唇を突き出す。普段はネロリの言うことなどまともに聞かないティエンだから、あれくらいのことを言っても多少落ち込む程度で終わりだと思ったのに。

（そりゃティエンに何かあったら困るのは本当だけど……ていうか、どうして好きだって言っても全然信じないくせに、こういう言葉は深刻なくらい真に受けるんだか……）

フォークの先が丸々と膨らむほどパスタを巻き続け、限界まで開けた口にそれを突っ込むとネロリは憮然とした顔で咀嚼を始める。途中、ガリッと嫌な音がして舌の上が焼けるように熱くなった。粗く刻んだ鷹の爪を思い切り嚙み締めてしまったらしい。

顔を顰めながらネロリはあらかた空になったフライパンを調理台に戻す。こういうとき、何も言わずに水を差し出してくれるはずのティエンはいない。

ネロリは調理台にもう一度寄りかかると、軽く上を向いて目を閉じた。

魔力が弱まっても、聴力まではまだ衰えていないようだ。城内を歩き回る悪魔たちの足音と話し声を聞き取ることができる。

ティエンはどうやら、図書室で本の整理でもしているらしい。周囲にエックハルトの気配はない。ネロリの言いつけを守って大人しくしているようだから、これで問題はないはずなのだが。

ネロリは瞳を開くと、大きく息を吸い込んだ。視線を斜めに落とすと、まな板の上にはブロックのベーコンがまだ半分ほど残っている。

（……食材余らせるのももったいないから、ティエンに）

口の中で言い訳を呟いて、そんな自分に苦笑した。

（こんなことしたら昨日の忠告の意味がなくなっちゃいそうだなぁ）

そんなことはわかっているのに、体は勝手に包丁を握っている。

弁解なら無事に王位が継げた後でもまったく遅くない。ティエンだって、きちんと説明すればわかってくれるだろう。あとほんの二日気詰まりな状況を我慢すれば済む話だ。

わかっているのに、一刻も早くティエンの誤解を解きたかった。

ベーコンを刻みながらネロリはゆるゆると首を傾げる。

これも魔力の減少と関係があるのだろうか。時間の流れが随分とゆっくりだ。千年以上の時を生きてきた自分が、たったの二日も待てない。

（ティエンの顔、一日見てないだけとは思えないな……）

今すぐ顔が見たいと思う。十年城を空けた後でさえこうも気が逸《はや》ったことなどないのに。

会えない一日が苦しいなんて、人間みたいだとネロリは苦笑をこぼした。

できたてのペペロンチーノを片手にネロリが図書室を訪れると、ティエンは黙々と蔵書の点検をしている最中だった。

吹き抜け三階分の高さを誇る図書室は、部屋の床から天井まで隙間なく並ぶ本棚に三方を囲まれている。扉を開けると正面に真っ直ぐ伸びる通路があり、その両脇にも整然と本棚が並ぶ。通路を進むと突き当たりには大きな窓と九十九折《つづらおり》の階段があり、二階部分と三階部分には壁伝いにぐるりと室内を囲む通路が設けられていた。

ティエンは階段を上り切った三階にいた。ネロリは大股で通路を進むと、階段に足をかけながら大きな声を張り上げる。

「ティエンー、ちょっと休憩しない？」

ティエンはよほど作業に集中していたのか、ネロリに声をかけられるまで室内に誰か入ってきたことにも気づいていなかったようだ。階段を上ってくるネロリを見ると、慌てた顔で自分も階段を駆け下りてきた。

ちょうど二階に上がりきった場所でようやく正面から顔を合わせると、ティエンはどこか居心地《いごこち》悪そうにネロリから視線を逸らしてしまった。

二階の踊り場は少し広めにスペースをとってある。窓の外にはバルコニーがあり、ここから外に出ることも可能だ。ネロリは一瞬ティエンを外に連れ出そうかと思い、けれどすぐに考えを改める。屋外よりも中の方が、外部からの攻撃に対処しやすい。

ネロリは普段の調子で身軽にティエンとの距離を詰めると、手にしていた白い丸皿を差し出した。

「ペペロンチーノ、よかったら食べない？　ちょっと多目に作っちゃったから」

慣れない油とにんにくの香りに目が覚めたような顔をしたティエンは、おずおずとネロリの顔を見上げ、それから差し出された皿に視線を移す。

「これは……ネロリ様が作られたのですか……？」

「そう。お腹空いちゃってね。魔力が減ってるからかどうか知らないけど、半日も飲まず食わずでいるとろくに身動きとれなくなるから」

「でしたら、言ってくだされば私が――……」

反射的に口にしたようなティエンの言葉尻が、見る間に弱まって空気に溶ける。下手なことをするとまたネロリに迷惑がられるとでも思っているのだろう。そのまま俯いてしまったティエンを見下ろし、ネロリは小さく肩を竦める。

「それは駄目でしょ。ティエンに包丁なんて握らせたら自分の指まで切りそうだ」

「そ……そこまで不器用では……」

「どうかなぁ、塩と砂糖間違えそうだし」

「間違えません！」

ムッとしたのか、ティエンは声を荒らげて顔を上げる。ようやく正面からこちらを見たティエンにネロリはすかさずもう一歩近づいて、下から掬《すく》い上げるようにその顔を覗き込んだ。

「じゃあ、次はティエンが何か美味《おい》しいもの作ってよ」

突然互いの顔が近づいて、うろたえたように顔を赤くしたティエンが一歩後ずさる。それを逃がさぬよう、ネロリはティエンの前に小指を差し出した。

「約束ね。オムレツがいい」

人の世界で交わされる指切りという行為をティエンも知っていたらしい。躊躇するように視線をさまよわせてから、ぎこちなく自分も小指を立ててネロリのそれに絡ませた。

ためらいがちに触れてきた指先に、ネロリは幾分ホッとする。まだどうにか、歩み寄る余地はありそうだ。しばらく繋いだ互いの指先を見詰めてから、ネロリはゆっくりと指をほどくと改めてティエンに皿を差し出した。

「まずはこっちを食べてみてよ。ペペロンチーノ、知ってる？」

「は……知識としては……」

「茹でてすぐにオイルかけなかったからちょっとパスタがパサパサしてるけど」

「いえ、そういうのは別段、気になりませんから……」

食事をすること自体あまりないのだろう。ぎこちない手つきでフォークを握るティエンを見下ろし、ネロリは踊り場を囲んでいる腰の高さの柵に寄りかかった。

「にんにくの匂い大丈夫？」

「……大丈夫です。美味しいです」

「よかった。鷹の爪気をつけてね、その赤いやつ。辛いよ」

「はい……本当だ、辛いですね」

従順に頷いてティエンもネロリの隣に腰かける。ティエンは背が低いので、柵に座ると完全に爪先が宙に浮く。バランスを崩して柵から転落したら一階の床に真っ逆さまだ。フォークを使うことに集中してフラフラと危なっかしく上半身の揺れるティエンの背に本人に気づかれぬよう腕を添えてやりながら、ネロリはそれまでと声の調子を変えずに言った。

「あと、大人しくしててとは言ったけど、側に来るなとは言ってないから」

フォークを回すティエンの手がぴたりと止まる。

ネロリはジッとティエンの横顔を見守る。本当はもう少し本音に迫ることを言ってしまいたかったが、これ以上優しい言葉をかけるとまたティエンが暴走しかねない。自分のためにティエンを危険な目に遭わせるのは、それこそ本意ではなかった。

ティエンはしばらく黙っていたが、最後は目を伏せたまま、はい、と小さく頷いた。

それだけ聞ければ十分だと、ネロリも黙って前を向く。ティエンの背中に添えた腕は、最後まで決して動かすことはなかった。

室内には食器のぶつかり合う音だけが響き、それでもティエンが食事を終える頃には膠《こう》着《ちゃく》した空気も少しはほぐれ、汚れた皿は俺が持ってくから、いえ私が、食器片づけるところまでが食事当番の務めでしょ？　などと普段通りの会話も戻ってきた頃、ふいに窓の外を何かが過ぎった。

バルコニーに出る大きな窓に向かって座っていた二人は同時にそれに気づいて顔を上げる。魔界はいつでも夜だから、窓の向こうは暗く外の様子もよくわからない。だが、一瞬窓の外を掠めたのは大きな白い布のようだった。

「……シーツでも落ちてきたのでしょうか？」

ちょうどティエンはネロリから皿を取り上げられたところで、立ち上がると窓の鍵《かぎ》を開けてバルコニーへと出ていった。ネロリも立ち上がってそちらへ向かう。バルコニーは踊り場とさほど広さが変わらない。数歩歩けば手すりにぶつかる。

先にバルコニーに出ていたティエンが、白い石の手すりに手をかけてこちらを振り返る。

「やはりシーツのようです、上から落ちてきたようですが――……」

「上から？」

ネロリはわずかに眉を顰める。この棟は一階から三階まで吹き抜けの図書室だ。上の階など存在しない。そうでなくとも日も射さぬ魔界でのどかにシーツなど干すわけもない。

ならば一体このシーツはどこから来たのだとネロリが首を巡らせた瞬間、ゴッ……と重たい石がぶつかり合うような音がした。

とっさに視線をティエンに戻す。闇の中、ティエンの体が不自然に傾いた。

ティエンが手をついていたバルコニーの手すりがひび割れ、崩れていく。それを理解するより先に、ネロリは手にしていた皿を放り出してティエンに駆け寄っていた。

だが、ネロリの俊足も重力の法則には追いつかない。ティエンの体はバルコニーの外に放り出され、真っ逆さまに落ちていく。

バルコニーの向こうは中庭だ。下は芝生が敷いてあるとはいえ、かなり高い。頭から落ちていくティエンが無傷で済むことはなさそうだ。

ネロリは迷わずティエンを追ってバルコニーから飛び下りる。途中、背中に意識を集中して大きな黒い翼を広げた。自分と違ってティエンは瞬時に翼を出すことができない。空を飛ぶには本来の姿である竜に戻る必要があり、それには多少時間もかかる。

驚愕の表情を浮かべたまま成す術もなく落ちていくティエンをなんとか空中で捕まえると、ネロリはその体を胸に抱き込んで地面に平行になるように翼を広げる。そうすれば、翼が空気を孕《はら》んで落下が減速する——はずだった。

（……羽が動かない……！）

意思に反して、翼はピクリとも動かなかった。まさかここまで魔力が減っているとは思わなかったネロリはそれでも必死で翼を傾ける。多少は空気抵抗が生まれたらしい。空中で身を返し、胸にティエンを抱いたままなんとか肩から地面に激突する。

痛みに呻きながらも身を起こすと、ティエンはまだ何が起こったのかよくわかっていない顔でネロリの服の胸元を握り締め硬直していた。大丈夫か、と声をかけようとしたら、上からぱらぱらと小石が降ってきた。

顔を上げると、先程まで自分たちが立っていたバルコニーが大きく揺れている。まさかと思う間もなくバルコニーが音を立てて崩れ落ちる。

ネロリは鋭く舌打ちすると、真上から迫ってくる大きな石の塊を前に全力で魔力を解放した。ネロリの体を中心に風が起こり、激しい上昇気流が発生する。

(嘘だろ、風だけかよ……!)

ネロリは愕然と目を見開く。紅蓮《ぐれん》の炎で迫り来る石材を砂塵《さじん》と化してやろうと思っていたのに、実際できたのは風を生むことだけだ。全力でやってこの程度とはどんな下級悪魔だと歯軋りして、ネロリはティエンを強く胸に抱くと背中に広げた翼で自身の体を包み込んだ。

風だけとはいえ、ネロリの巻き起こしたそれはかなりの威力があったらしい。翼に大きな瓦礫《がれき》が幾つも叩きつけられたものの、直撃は免れたようだ。

ようやく周囲が静かになると、ネロリは詰めていた息を吐いて体から力を抜く。意識するより先に翼はかき消えた。最早瓦礫が体のどこに当たったのかもよくわからない。直前にバルコニーから落下したのも相まって、体の至るところが痛かった。

体を支えきれず大地に片手をつくと、もう一方の手で抱き寄せていたティエンが腕の中で俄かに暴れ始めた。

「ネロリ様……！　ご無事ですか、お怪我は……！」

「ああ……大丈夫、大丈夫」

「でも――……っ…」

動揺を抑えきれないのか引き攣った声を上げるティエンを離さぬよう、前より強い力で抱き寄せる。その体勢のまま、素早く周囲に視線を走らせた。

城の一部が崩壊するなんて、まともに考えればあり得ないことだ。何しろここは、魔界中の悪魔が攻め込んできてもびくともしないよう頑強に造られた大魔王の城である。

ティエンの顔を自分の肩口に押しつけて辺りを見回すと、城の中央に位置した尖塔に小さな人影が見えた。ネロリは目を眇め、思わず強く唇を噛み締めた。

（……やっぱり、黒幕あり、か）

尖塔のてっぺんにはエックハルトがいた。だが、隣にもうひとつ人影がある。

終始眉間に刻みつけられた深い皺に、金髪のオールバック。七公爵のひとりで、クライブに次いで強い魔力を持つギルベルトだ。

ギルベルトは厳しい表情の裏側に、明らかな驚きの気色をちらつかせていた。次期大魔王ともあろう者がまともに空を飛ぶこともできず、瓦礫ひとつ退けられなかったのが信じられ

ないのだろう。

ギルベルトの隣ではエックハルトが勝ち誇ったような笑みを浮かべている。ネロリの体に魔力がほとんど残っていないという自分の言葉がこうして実証されたのが嬉しくて仕方がないのだろう。

エックハルトたちから目を逸らしながらネロリは深い溜息をつく。

自分とティエンを危険に晒してまで魔王という立場に執着するつもりはないが、ネロリは大魔王から受け取った腕輪を身につけてしまった。腕輪はネロリの肌に吸いつくようにぴたりと嵌まり、押そうが引こうがびくとも動かない。

ここはどうにか凌ぎ切るしかないようだと、ネロリは肩口に押しつけていたティエンの頭をようやく離した。

「…っ…ネロリ様！　お怪我はないのかと――…っ…！」

「大丈夫だって。ティエンこそどこも怪我してないね？」

「私のことなどどうでも――…っ…！」

口早にまくし立てるティエンの顔を、ネロリはジッと見詰め返す。真剣な顔でもう一度、「怪我は？」と尋ねると、ティエンは眉を八の字にして大きく首を横に振った。

「よし、じゃあすぐにクライブに連絡して馬車出してもらって」

ネロリはいつものように相好を崩すと、軽やかにその場に立ち上がりティエンに手を差し伸べた。その手を取ったティエンは、土で汚れたネロリの顔や服を不安そうに見やりながらも小さく頷く。

ネロリはティエンの手を握り締めたまま、明るく笑って言った。

「魔界で唯一のテーマパークに連れていってあげるよ」


魔界きっての発明家、クライブ公爵がもっとも興味、関心を持って研究に励んでいるのは、人間世界の科学技術だ。電波の飛ばない魔界で電話を発明してみたり、魔界に存在する原子核を発見して核兵器を作ってみたり。

別段必要に迫られて研究しているわけではなく完全な趣味なので、大抵は研究対象を魔界で再現できるとすっかり興味を失ってしまう。だからせっかく開発した技術も魔界に浸透することはない。

それでも唯一、魔界の悪魔たちに広く受け入れられた発明がある。

日の光一筋射さないはずの魔界に、光を導入したのである。

人の世界でいえば電気灯ということになるのだが、動力源は電気ではなく、光粉《こうこ》だ。

光粉とは、人間の体から漏れる負の生命エネルギーだ。人は絶望したときや我を忘れるほどの怒りに陥ったとき、体から細かな光の粒子を発生させる。当然人の目には見えないそれを、悪魔は糸を巻くように手元に手繰り寄せて魔界に持ち帰ることができるのだ。

金色に輝く光粉は、ただ美しいだけで別段使い道などない。せいぜい悪魔たちが人間を不幸のどん底に陥れた戦利品として持ち帰るのが関の山だったのだが、クライブはその無用の長物をエネルギー源にして光の導入をやってのけてしまった。

クライブの治める領地には、その光をふんだんに使った光の街が存在する。他に光源のない魔界で一際目を惹《ひ》くその街は、絶えず明るい光に満ちている。

広大な土地を悪魔の翼をもってしても飛び越えられない高い塀で囲い、一回転するのに丸一日もかかる馬鹿げて大きな観覧車を中心に据えた街の中には、高位の悪魔ばかりが集まってくる。街に入るには入口で一定量の光粉を支払う必要があるのだが、その量が尋常でなく莫大で、下位の悪魔たちでは百年かけても集めきれないからだ。

クライブに馬車を出してもらい光の街へやってきたネロリは、街の外れにあるホテルの一室に入ると早々にベッドに倒れ込んだ。

「ネロリ様！　しっかりしてください！」

すぐさまティエンがベッドの端に駆け寄ってきて、大丈夫、とネロリは片手を上げてみせる。街の入口まではクライブが一緒だったからなんとか平生を装っていたものの、さすがにここまでが限界だ。

ホテルの部屋は手狭だが清潔で、シングルベッドが二つ並べて置かれている。魔王の趣味で中世の人間世界を模している城とは趣がガラリと異なり、現代のビジネスホテルに近い。

部屋にはシャワーつきのバスルームなどがあり、きちんと明かりも通って快適なのだが、半面、城内を照らすろうそくの薄暗い光でならいくらでもごまかせる顔色もここでははっきりと照らし出されてしまい、ネロリは枕《まくら》に顔を埋めた。

ティエンはベッドの傍らに膝をつき、枕に沈み込むネロリの顔を青白い顔で覗き込む。

「やはり、クライブ様にはここに残っていただいた方がよかったのでは……」

「駄目だよ、あいつだって城にタキ君残してきてるんだから」

「でしたら街ではなく、クライブ様のお城に匿《かくま》っていただいた方が——……」

「それも駄目だって。クライブだけならまだしも、タキ君まで危険に巻き込んじゃうでしょ？　タキ君が死んだら、クライブも一緒に死んじゃうからね」

ティエンはぐっと言葉を詰まらせる。眉が八の字に寄り、今にも泣き出してしまいそうだ。すでに空を飛ぶことすらできなくなったネロリのために馬車を残し、クライブは城へ戻ってしまった。今ネロリを守れるのは自分だけだと思うと、どうにも心細いのだろう。

大丈夫だから、と腕を伸ばしてティエンの頭を撫でようとしたネロリは、途中で不自然に動きを止めて顔を顰めた。

そんなネロリの表情の変化をティエンが見逃すはずもない。ティエンは目を見開くともものも言わずにうつぶせに寝ていたネロリのセーターの裾を背中から捲り上げた。

「あらやだ、ティエンちょっと、そんな積極的な……」

冗談めかして止めてみようとしたが、ティエンはネロリの言葉に耳を傾けている余裕もないらしい。背中にひやりとした空気が触れて、ティエンが鋭く息を飲む。疲れ切ってまともな抵抗もできなかったネロリは、枕に顔を埋めたまま溜息をついた。

「……こんな傷、いつの間に――……」

自分の目で確認することはできない場所だから詳細はわからないが、ネロリにもなんとなく想像はつく。右の肩から脇にかけ、裂傷か何かできているのだろう。背中に当たるセーターの裾は冷たく、恐らく黒い布地はたっぷりと血を吸っている。

「まさか、あのときですか、バルコニーから落ちて受け身をとったとき……」

「うん？　いやぁ……」

「それともその後バルコニーが崩れてきたときですか！」

「いや、俺にもよくわかんないんだけど」

「どうしてすぐに言わなかったのです！」

言うが早いか背後でティエンがびりびりと服を破き出して、ネロリは慌てて振り返る。

「ちょっとティエン、俺の服……」

「服くらいすぐに新しいものをご用意します！」

確かに街の中には服を売る店もあるが、それでも主人に断りを入れる前に服を破いてしまうティエンにネロリは呆れる。どんなに怒っているのかと肩越しに振り返ってみると、予想と異なりティエンは顔面蒼白《そうはく》で、ひどく追い詰められた顔をしていた。

「あー……、この程度の怪我くらい、すぐに治ると思ったんだよね。でも魔力が底をついているから、全然治らなくて」

かすり傷であることを強調しようとしたのだが、ネロリの傷の手当てをしているティエンはまるで顔色を変えない。張り詰めた表情のままバスルームへ飛び込み、濡《ぬ》れたタオルを手に戻ってくると血で汚れたネロリの背中を慎重に拭い清めていく。

「痛んだら言ってください」

「言ったら優しくしてくれる？」

「可能な限り手早く終わらせます」

軽口に乗ってきてもくれないティエンに苦笑して、ネロリは大人しく枕に横顔を押しつけた。ティエンは一通り血を拭い去ると、隣のベッドからシーツを引き剝がして手荒にそれを裂き始めた。そうして裂いた布を包帯代わりに、ネロリの胸から背中を圧迫するように締めつけていたのだが、途中、気がついたように手を止めた。

「……止血だけで、大丈夫でしょうか。魔力が低下しているのでしたら、やはり人と同じように消毒などもした方が……？」

「大丈夫でしょ。そのうち魔力も回復するだろうし」

言い終わらぬうちにネロリの背にシーツの上からティエンがそっと手を添えてきて、肌がほのかに温かくなった。肩越しに振り返ると、ティエンが両手を重ねてネロリに魔力を注ぎ込んでいる。

普段ならばそれで相当傷の治りは早くなるのだが、ネロリは困ったように笑って右手をかざしてみせた。

「せっかくだけど、そうやって魔力分けてもらっても全部この腕輪が吸っちゃうから」

だからいいよ、と腕輪をつけた手を振ると、ティエンは一瞬何か言い返そうとしたようだが、諦めたのかゆっくりとネロリの背中から手を離した。

ネロリは手当てをしてくれた礼をティエンに言うとゆっくりと身を起こし、ヘッドボードに立てかけた枕に背中を預けてティエンと向き合う。ティエンは床に片膝をつき、やはり深刻な顔でこちらを見ていた。

「……魔力がすべてなくなるまで、あとどのくらいかかりますか」

ネロリは右手の腕輪に視線を落とす。腕輪に嵌められた宝石の色は、まだ血の色を透かしたような真紅のままだ。

「残り一日と少しってところだろうね。もう一度この石の色が変わって、そこから丸一日経ったら完全に魔力が空っぽになる」

「その後、大魔王様の魔力が体内に満ちるまでにはどのくらいの時間が……？」

「継承には七日かかるって言ってたから、やっぱり丸一日くらいかかるのかな。それとも一瞬なのか……親父もその辺はあんまり詳しく話してくれなかったけど」

「では、最悪あと丸二日もこんな状態が続くのですか……」

呻くように呟いてティエンがシーツを握り締める。銀の燕尾服に包まれた肩は小さく震えていて、ネロリはひょいと眉を上げてみせた。

「そんなに悲観的にならないでよ。あとちょっとなんだから」

「しかし、いつエックハルト様やギルベルト様がここへ攻めてくるか――……」

「大丈夫だって。ここは曲がりなりにもクライブの領地なんだから。街への攻撃はそのままクライブへの宣戦布告になる。俺を敵に回すだけならまだしも、クライブまで一緒に相手をしたいと思う奴はいないだろうからしばらく時間は稼げるよ」

「でも、直接この宿まで探し当てられてしまったら――……」

「クライブのはからいで王位を継承するまでは城の関係者及び七公爵たちは街に立ち入れないようになってる。だからそれも大丈夫」

悠然とネロリが受け答えをするさまを見てわずかにティエンは安堵《あんど》の表情を浮かべたが、それもまたすぐに打ち沈んだような表情に変化してしまう。

「まだ何か気がかりなことでもある？」

ベッドの上に足を投げ出し、腹の上で手を組んだネロリが首を傾げると、ティエンは視線を落としてごく小さな声で呟いた。

「……私は、ここにいてもいいのでしょうか」

ティエンの髪がさらりと頬に落ちる。白い肌に銀の髪、すっかり色を失っているその顔を見て、ネロリは眉を互い違いにした。

「それはそうでしょ。むしろいてくれないと困るでしょ。ティエンがいなくなったら誰が魔力の切れた俺のこと守ってくれるの？」

「ですが、実際守られているのは私の方ばかりです……！」

感情を抑えきれなくなったのかシーツを見詰めたまま語調を荒らげたティエンは、すぐさまきつく唇を噛む。

ネロリは何も言わずに唇の端を持ち上げる。やっぱり気にしてるよね、と胸の中で呟き、それでも自分を責めて荒れる前にまずネロリの手当てを終えるティエンに感服する。

「別に気にしなくていいよ。怪我の手当てもしてもらったし」

「私が不用意に外に出なければ、まずその怪我を負うこともなかったでしょう……！」

「どうかなぁ。あのときティエンが外に出なくても、別の方法でいくらでもあいつら俺の魔力が減ってるかどうか確かめてきたと思うけど？」

「でも絶対、その契機に私を使ったはずです……！」

ネロリは弱り顔で笑う。こういうときのティエンは頑固だ。だからネロリは敢えてその言葉を否定しない。そうかもね、と答えると、ティエンの顔はますます絶望的に青褪める。

だが、ネロリはこうつけ加えることも忘れなかった。

「でもそういうことになるかもしれないってわかっててティエンを側に置いておいたのは、俺の判断だから」

ティエンが弱々しく顔を上げてこちらを見る。

やっぱり、人間の使う明かりは便利なようで厄介だ。普段なら闇にまぎれてしまうティエンの弱り切った顔がくっきりと照らし出され、ネロリは目を眇める。薄い肌の下ににじむティエンの感情も、この先とろうとしている行動も、全部読めてしまう。

「だから妙な責任感じて、俺から離れていかないように」

わかってしまったら冗談のように言うことができず、声に切実さが混ざってしまった。

すっかりネロリに心の内を読まれていると悟ったティエンはわずかに唇を動かしただけでまた俯いてしまう。しばらくそのまま黙り込み、ティエンは低く掠れた声で言った。

「……私の存在は、ネロリ様の重荷になっているのでは」

「ないよ。むしろ今お前にいなくなられたら、確実に俺はここで野たれ死ぬ」

ティエンに最後まで言わせず、ネロリは大仰に両手を広げてみせた。

「だって俺もうまともに空を飛ぶことすらできないんだからね？　誰かが街に攻め込んできたら、お前が俺のこと負ぶって飛んでくれないと」

「それは……そうですが」

「お前のデカい翼には期待してるんだから。魔界の果てまで連れてってよ」

ここまで言ってもティエンの表情はまだ暗い。ネロリは歯嚙みしそうだった。

(……ティエンのことだから俺のこと放り出して本当にいなくなることはないだろうけど)

けれどももしも万が一ティエンが自分の側から離れたら。

(わかってんのかね。真っ先に死ぬのは、ティエンの方だ)

七公爵のうちの誰が追いかけてきたところで、なんとかかんとか生き延びる自信が自分にはある。でも、ティエンはどうだろう。存外あっさり捕まって、ネロリの居場所を吐くよう強要されて、でもこの義理堅い従者は絶対に口を割らず、さんざん痛めつけられた挙げ句息絶えてしまうのではないか。

(俺の側から離れたら守り切ってやれないよ……?)

魔力がほとんど尽きている今でさえネロリがそんなふうに思っていることを、多分ティエンはわかっていない。

ネロリは硬い表情のままティエンを呼ぶ。ティエンが顔を上げるのを待つ間、なんと言えばティエンが自分から離れないでいるか、頭の中でたくさんの言葉を引っかき回す。

「……魔界の谷間でお前のことを拾ったのは、まさしくこういうときのためだったんだよ。最高の移動手段として、お前を見初めた」

実際は違う。ネロリはただ、ティエン自身に興味が湧いた。

優しさに飢え、でも相手にすがらず、背筋を伸ばして感謝の念を込めた視線を送る。

曇った瞳を涙で洗い流し、行ってくれ、と静かにこちらを見下ろしたティエンそのものに。

「――あのときの貸しを返して」

常になく真剣な表情で、ネロリは言い放つ。

本当はティエンに貸しを作ったつもりはなく、ティエンを城に連れ帰ったのだって半ばネロリのわがままだったのだが、恐らくティエンはそうは思わない。貸しを返せと言われれば、生真面目なティエンのことだ、断ることはできないだろう。

案の定、それまで不安定に揺れていたティエンの瞳が定まって、しっかりとネロリを見返してきた。ティエンは言葉もなく頷いて、その決意を込めた表情にようやくネロリも両肩から力を抜いた。

「まぁ、七公爵にしろ他の誰かにしろ、実際攻撃仕掛けてくるのはもう少し後になりそうだから」

ちょっとのんびりしようよ、とネロリは頭の後ろで両手を組む。

「そうだ。後で街の中でも見物してみようか。服も買いに行かなくちゃいけないし」

すっかり普段の調子に戻ってネロリが提案すると、こちらもいつもの仏頂面を取り戻したティエンが眉間に深い皺を寄せた。

「服なら私が買ってきます。ネロリ様はこちらで大人しくしていてください」

「え、ひとりで遊びに行くつもり？」

「遊びなわけがないでしょう！」

ティエンの怒声に、ネロリは楽し気な笑い声を上げた。怒られているのに、気持ちのいい風が吹き抜けていくような気分になる。

ティエンは床に落ちた汚れたタオルやシーツの切れ端を拾い集めながら、太平楽に笑っているネロリを横目で睨みつける。

「いくらここがクライブ様の領地だからといって、絶対に攻め込まれないと決まったわけではないのですよ。街で危ない目に遭ったらどうするおつもりですか」

「そのときはティエンが助けてよ」

「わかりました」

予想外に物わかりのいい答えが返ってきて、おや、とネロリが目を上げると、ティエンが枕元まで歩み寄ってきた。

「その代わり、私が危ない目に遭っても貴方は絶対に助けないでください」

ティエンは真っ直ぐにネロリを見下ろして言う。

わかった、と大人しく頷ければよかったのだけれど、ティエンには嘘をつかないと約束してしまった。ネロリは右腕を伸ばしてティエンの手首に触れる。

「それはできないなぁ」

「駄目です、約束してください」

ティエンの細い手首をゆっくりと握り締めながら、ネロリは首を横に振った。

「できないよ。いつも言ってるでしょ、ティエンのこと大好きなんだから」

ティエンは眉間に皺を寄せ、ネロリの手を振り払うでもなく立ち尽くしている。

ネロリは唇に穏やかな笑みを浮かべたままティエンを見上げて何も言わない。しばらくすると、根負けしたようにティエンが溜息混じりで呟いた。

「……今だけ、でしょう?」

それは駄目なことなのかな、とネロリは思う。千年先のことまでは確約できない、でも今この瞬間は間違いなくティエンのことが好きなのに。

「百年先までだったら約束してあげられるかもね」

最大の譲歩のつもりでネロリが口にしてみても、ティエンの表情は変わらない。視線を落とし気味にして、ぽつりと呟く。

「たった百年ですか」

「結構長い時間だと思うけど」

「貴方にとっては瞬き程度の時間でしょう。私にとっても——……」

ネロリはティエンの手首の内側をそっと親指の腹で撫でる。こういうふうに、衒《てら》いもなくティエンに想いをぶつけられるといつだってこう思わずにはいられない。

うか。


（俺が人間だったらよかったのかな）

人間なら、百年は一生に相当する。人間にとって百年は、永遠という言葉に等しい。自分が百年で息絶えるような存在だったら、ティエンはこんなに打ち沈んだ顔をせずに済んだろうか。自分は迷いもなく、この先もずっとティエンだけ好きでい続けると言えただろうか。

ティエンのわずかに冷えた手首に指を這《は》わせていると、ふいにティエンがその手を振りほどこうとする素振りを見せた。思わず強く手首を握り締める。

「どこ行くの」

「……言ったでしょう、服を買いに行くんです」

「後でいいよ」

身を翻しかけていたティエンの手を掴み、ネロリは半ば強引にティエンの体を抱き寄せる。ティエンは体のバランスを崩し、よろめきながらネロリの胸に背中から倒れ込んだ。

衝撃で背中の傷が痛んだが、ネロリは一瞬顔を顰めただけで声も上げない。慌てたようにティエンが振り返ったときにはもう、いつもの機嫌よさ気な笑みを浮かべている。

「今街に出したら思い余って街周辺の警護とか始めちゃいそうだから、駄目」

ティエンが小さく喉を上下させる。図星を指されたようだ。ネロリは低く笑いながらティエンを胸に抱き寄せると、すっかりベッドの上に引き上げてしまった。

ネロリに後ろから抱きしめられた体勢でティエンがもがく。だが、ネロリが傷を負っているからか、どうにも動きが遠慮がちだ。

「ネロリ様、せめてホテルの前の警護だけでも私に任せてください……！」

「駄目だって、警護するならこの部屋でしても一緒でしょ」

「でしたら服を……っ」

「いいよ、こうしてると温かいから」

顎の下にティエンの小さな頭を引き寄せ、ネロリは欠伸《あくび》を嚙み殺した。

「お前と一緒にいると、気が休まる」

どうしてかな、とネロリは自問するように呟く。ティエンだって自分と同じ悪魔だ。己の利益のためにネロリの寝込みを襲ったっておかしくない。警戒して当然なのに、ティエンを腕に抱いているとそういう気はすっかり失《う》せてしまう。

親友であるクライブでさえ、タキというウィークポイントがなければネロリは完全に信用しなかった。それがどうして、と我ながらわからない。

しばらくそうしていると、腕の中で硬直していたティエンの体がゆるゆるとほぐれ始めた。落ち着いたというより、諦めたふうに。

「……あのさ、ティエン。俺ちょっと眠っていい？」

先程よりも大きな欠伸を嚙み殺しながらネロリは尋ねる。どういうわけかひどく眠い。

普段、眠くなることなど滅多にない。ほとんど睡眠などとらなくとも問題なく活動できるはずが、どうしてか今は恐ろしく眠かった。時々音が遠ざかり、勝手に瞼が下がっていく。気を抜くと一瞬で意識が遠ざかり、睡魔に襲われるってこういうことか、とネロリは夢うつつに思う。これも魔力減少が原因なのだろうか。

ティエンを胸に抱いたままうとうととまどろみ始めたところで、ふいにティエンが呟いた。

「………私はわがままがすぎるのでしょうか」

ほとんど独白に近いくらい小さな声だった。

自分が百年の約束では満足できないことに対して言っているのだろう。ネロリは眠りの海に喉元まで浸かっていたところをなんとか踏みとどまり、ティエンの体を強く抱き寄せた。

「わがままじゃないよ、皆が思うことだ……」

好きな相手に、自分だけ好きでいて欲しいと思うのは当然だ。今だけでなく、この先もずっと、未来永劫、変わらずに。

「……でも、それを実現させるのは、とんでもなく難しいね――……」

声は溜息に乗るようで、きちんと言葉になったかどうかもネロリにはわからない。後の言葉はすべて、胸の中でだけ囁かれる。

(だって俺はもう何百年も何千年も人の世界を見てきたけれど、あんなに寿命の短い奴らでさえ、たった百年を添い遂げることのなんと難しいことか……)

昨日愛し合っていた二人が、今日は殺し合う。あるいは愛している振りをしながら嫌悪を押し隠して互いに寄り添い続けている。ネロリとしては、常識や人情といった悪魔には希薄な感情によって繋がったり離れたりする人間模様を見るのは非常に興味深いことだ。

(でも悪魔には世間体もなければ法律もないし、定まった寿命すらないんだから……千年先のことなんて約束できなくて当然でしょ……?)

人間だって、確信があって愛の言葉を誓うわけではないのだ。生涯かけて愛することを神の前で誓っておきながら、その後別れる者だって確かにいる。

永遠に君だけ愛し続けるよ、などと言っておいていずれ喧嘩《けんか》別れをするくらいなら、今だけ好きだと言った方がずっと誠実だと思うのは間違っているのか。

(そんな難しいこと考えなくたって、千年先までティエンとは一緒にいるような気がするんだけどさ……)

そんなことを考えていたら、胸元がふわりと温かくなった。わずかに意識が浮上する。背中の痛みがほんの少し引いた気がして、ティエンか、とネロリは夢うつつに思った。どうやらティエンが、ネロリに自分の魔力を分け与えているようだ。

(そんなことしたって全部腕輪が吸っちゃうって言ったのに――……)

いいから、と呟いたつもりが、唇が小さく上下しただけだった。うっすらと目を開けると、胸に抱き寄せたティエンの後ろ頭と、シーツの上に投げ出された自分の手が視界に映る。

右腕の腕輪に嵌め込まれた宝石の色は真紅。それがゆっくりと濃さを増していく。

(…………あと、一日)

あと一日乗り切れば、すべて元通りだ。

だがそのたった一日をやり過ごすのに、一体どれだけの労力が必要だろう。

エックハルトとギルベルトはネロリたちがこの街に逃げ込んだことを当然把握しているだろう。クライブの領地だからすぐには手を出してこないだろうが、様子を見るにも限界がある。この一日以内に攻撃を仕掛けられるとみて間違いない。

気になるのはギルベルトだけではない。他の七公爵たちはどうしているのか。まさか全員ギルベルトの下についていることはないだろうが、数人くらいは追従していてもおかしくない。特にサーシャ。七公爵の中でもトップスリーに入る彼は、いつも穏やかに笑っているものの何を考えているのか今ひとつ読みにくい。アルマンも大人しすぎる気がする。いくら次男のフラムが魔界を追放されたからといって、こんなにすんなりネロリに王位を譲り渡してしまって悔しくはないのだろうか。

わからないだけに楽観視はできない。ただ体を丸めて街の中に身を隠しているだけというわけにはいかなそうだ。

(まずはこの街から安全に脱出して、別の場所に移動しないと——……)

右腕につけた腕輪の宝石は、血のように鮮やかな赤から濃い臙脂《えんじ》色へ。

そして最後に、左腕につけた腕輪に嵌められたのと同じ、真っ黒な石に色を変えた。

ネロリの体から魔力が完全に抜け、魔王の魔力がその肉体に注ぎ込まれるまで、あと一日を残すばかりだ。


クライブの造った光の街の一辺に、ずらりと馬車が並んでいる。

高位の悪魔ともなれば、自らの翼で飛ぶよりも馬車に乗って移動することの方が多い。街の中にはほとんど高位の悪魔しかいないので、外に並ぶ馬車の数も桁《けた》違いだ。

金銀の装飾が施された美麗な馬車を引くのは、馬の形はしているが鬣《たてがみ》が炎となって燃え盛っているもの、牛のような形のもの、首から上のないものと様々だが、概ね馬車の傍らに立って大人しくしている。御者もいないのに賢いものだ。

街を囲う長々とした壁際に整然と並んだ馬車のうち、ひとつが静かに動き出した。この闇の中でも特に目を惹く、毛並みの美しい黒馬の引く馬車だ。

ガラガラと重たい車輪の音を響かせて馬車が向かった先には、人影がある。人影は、高い塀の向こうから漏れてくる街の光を避けるように、頭から分厚いフードを被っている。

フードを被った人物の前で馬車はぴたりと止まり、フードの人物は無言のまま馬車に乗り込んだ。すぐさま馬車は動き出し、街に背を向け走り出す。

向かった方角の先にあるのは、クライブの屋敷だ。

「……やはりな」

その様を、上空高くから見下ろしている影があった。

街から少し離れた場所にある高台から街を見下ろしていたのは、七公爵のひとりであるギルベルトだ。金色の髪をかっちりと後ろに撫でつけ、事が予想通りに運んでいるというのに口の端すら緩めない。無言のまま、馬車の走り去る方向をじっと見ている。

「最後はクライブにすがりつくか。妥当な判断だろう」

「もう少しで街に総攻撃をかける羽目になったが、それは免れたな」

ギルベルトの背後から二つの声が響いてくる。そこにいるのもまた七公爵のメンバーである、グラハムとインディカだ。

ギルベルトは二人を振り返って低い声で問う。

「クライブの乗ってきた馬車はあれで間違いないんだな?」

「ああ、間違いない。昨日、あの馬車を置いてクライブが城に帰っていったのを確認した」

「どうやら次期魔王は本気で空を飛ぶことすら儘ならないらしい」

次期魔王、という部分に揶揄《やゆ》する響きが混じるが、ギルベルトは二人の軽口に乗るつもりはないらしい。馬車から目を離さないまま低く続けた。

「クライブはどうしている。城からは出ていないのか」

「大丈夫だ、部下に見張らせてる。昨日城に戻ってからクライブもその伴侶《はんりょ》も、城から出てきた様子はないらしい」

　話をしている間も馬車はどんどん街から遠ざかり、ギルベルトは無言のまま背中に大きな翼を広げた。そして後ろの二人を振り返りもせず大地を蹴って馬車めがけて滑空する。それを見て後の二人も慌ててギルベルトを追いかけた。これだけで、三人の力関係は明白だ。

　翼を上下させる音も立てずに馬車へ近づきながら、さらにギルベルトは用心深く尋ねた。

「この馬車に乗っているのがネロリではない可能性は？」

「それはどうだろうな。でもまるで関係のない人物だったら、馬の方が馬車には乗せないだろう。クライブの馬ならよく調教されているはずだ」

「ネロリでなかったとしても、馬車に乗れるのは従者のティエンぐらいだ」

　二人の答えにギルベルトはしばし考え込む表情を見せてから、小さく頷いた。

「従者がいなくなれば、ネロリは完全に丸腰になるわけだな。それならそれでやりやすい」

　どちらでも問題なさそうだ、と呟くが早いか、ギルベルトは馬車の真後ろまで近づいて右手を馬車にかざした。その掌の中心に、見る間に炎の塊が生み出される。

　ギルベルトの後ろを飛んでいた二人が馬車を中心に左右に避けた。その間もギルベルトの手の中の火の玉は膨張を続け、人の頭を三つばかり重ねたほどの大きさになった。

ギルベルトは無表情のまま巨大な炎球の乗った右手を振り上げ、迷いもなく馬車に向かってそれを叩きつける。

ゴッ、と炎の燃え盛る音が風に乗って吹き抜けたと思ったら、続けざまに腹に響くような地鳴りが大音量で辺りを震わせた。地に打ちつけられた炎から激しい風が巻き起こり、ギルベルトたちの服の裾や髪を巻き上げる。馬車を引く馬が高く嘶《いなな》いて、美しい装飾を施された車はあっという間に火に飲み込まれ、跡形もなく四方に飛び散り大破する。

――と思われたが、違った。

炎に飲み込まれたかに見えた馬車は次の瞬間車輪が浮くほどの突風に下から煽《あお》られて、馬車の周囲に火柱が立つ。突然の竜巻に、上空にいたギルベルトたちは糸の切れた凧《たこ》のように大きくバランスを崩した。ギルベルトだけはなんとか膝から地面に着地したが、後の二人は悲鳴を上げながら無様に地面に叩きつけられる。

それでもいち早くその場に立ち上がったギルベルトは、周囲を見回すなり硬直した。

焦げ跡ひとつない馬車を中心に、自分たちの周りには見上げるほど高い炎の壁ができている。小さなサークルをぐるりと囲うように天高く聳える炎の壁は、ギルベルトの大きな翼をもってしても飛び越えられるかどうか定かでない。

その場にいる誰ひとりとして何が起こっているのか理解できず呆然と立ち竦んでいると、馬車から誰かが降りてきた。

その人物はもう、厚いフードを被ってはいなかった。

馬車から降りてきたのは、クライブだ。

ギルベルトたちがいっせいに息を飲み、クライブは城にいるんじゃなかったのか、と詰《なじ》るような視線が無言のままに空中を飛び交う。

混乱にまみれた空気を一掃したのは、クライブの澄み渡った声だ。

「誰かと思えば、グラハム様にエンディカ様に、ギルベルト様か」

自分より格下の相手にわざと様をつけ、クライブは青い瞳を静かに細めた。優美な笑みに、だが三人の顔はぎくりと強張る。それらを眺め回して、クライブは軽く握った拳《こぶし》で傍らの馬車を叩いてみせる。

「先日七公爵の集まりがあったときも私はこの馬車で城に向かったと思うが、まさか見忘れたというわけではないな？」

四人の周囲をぐるりと取り巻く炎の壁がゴゥッと一際高く燃え上がる。その赤い炎に頬を照らされながら、クライブは唇に笑みを乗せたまま言った。

「先程のあれは私に対する攻撃とみなすが、異論は？」

ギルベルトの表情が憤怒で歪む。炎の燃え盛る音に混じって奥歯を噛み締める鈍い音が聞こえた気がしたが、ギルベルトからも、当然その後ろに控える二人からも、クライブの言葉に反発する声は上がらなかった。

「そろそろクライブが一匹くらい捕まえた頃かなー」

ホテルのベッドに寝そべって、ネロリが退屈そうな口調で呟く。窓辺から外の様子を見ていたティエンがそれを聞きつけ、眉根を寄せて振り返った。

「そんな簡単な……。やはり私も一緒に行った方がよかったのでは——……」

「大丈夫だって、クライブだったら七公爵の一人や二人軽くあしらえるから」

どこまでも楽観的なネロリを軽く睨みつけたものの、ティエンはすぐ窓の外へ視線を戻してしまう。

「でも、一体どうやって街を見張っている連中をおびき寄せるおつもりですか？」

「いや、もうおびき寄せられて虫の息じゃないの？」

ティエンが驚いた顔で振り返る。どうやって、と大きく見開いた目で言葉より雄弁に尋ねてくるティエンに、ネロリは頭の後ろで手を組んで笑った。

「クライブが置いてってくれた馬車があるでしょ。あの馬車に顔を隠して乗り込むよう、昨日のうちにクライブに言ってある。そのまま街を離れれば、馬車に乗ったのを俺と勘違いした奴らが追ってくる。そこをクライブに返り討ちにしてもらうって算段」

いつものようにダボッとしたセーターを着て、気楽にベッドの上で爪先を揺らしているネロリを振り返り、ティエンは何か釈然としない顔をしている。

「クライブ様は昨日のうちにお城に戻られているはずでは……」

「だからわざわざ戻ってきてもらったんだよ」

「しかし、クライブ様が街に入る様子を見られれば、どこかからクライブ様が援護しているのではないかと警戒して、うかつに手は出してこないのでは？」

いい読みだね、とネロリは満面の笑みで頷く。あまりオーバーリアクションになるとまだ背中が痛むので、身振りは極めて抑え目だ。

「クライブが街に戻ってきたのを見れば、当然奴らは警戒する。でも逆に、クライブが城から出てこなければ安心してうかつに手を出してくる」

「ですから……クライブ様はこちらに戻られたのでしょう……？」

どうにも要領を得ないという顔をするティエンに、ネロリもようやく種明かしをした。

「誰に見られずに城から街に移動できる、地下通路があるんだよ」

ティエンが軽く目を見開く。少し離れた所に立つティエンの青みがかった灰色の瞳を見上げ、ネロリは声を上げて笑った。

「もともとはタキ君をなるべく危険に晒さないよう作った専用通路らしいね。城の地下からこの街の中心にある観覧車の真下まで繋がってるらしいよ。そこを通れば、クライブの城の周辺や街の入口を見張ってる奴らにばれずに街に入ることができる」

過保護だよねぇ、と笑い飛ばして、ネロリは胸の前で腕を組む。

「きっと今頃誰かが、馬車に乗ってるのがクライブだとも知らずに意気揚々と攻撃仕掛けて痛い目見てる頃だろうね」

「……そんなことを、昨日の段階から計画していたのですか」

呆気にとられたように呟くティエンに、ネロリはニコリと笑って何も言わない。本当は魔王から腕輪をもらったその日のうちにここまで考えていたことなど言うまでもないだろう。

そうはいってもまだ不安なのか再び窓の外を窺い始めたティエンの背中を見ながら、ネロリは唇に笑みを漂わせたまま考える。

街を見張っていたのは恐らくギルベルトだろう。エックハルトからさんざん入れ知恵されて、こちらの手の内をすっかり知り尽くした気になっているギルベルトは軽はずみに攻撃を向けてくるに違いない。そこはクライブが返り討ちにするだろうから問題ないと思うが。

気になることがあるとすれば、街を見張っているのがギルベルトだけなのかどうかということくらいだ。もしも他にもネロリの動向を窺っている者がいるとしたら。

（……クライブがギルベルトを取り押さえてるところで動かれるとまずいね）

そんな輩など存在しないならそれに越したことはないのだが。

（まぁ、そういうわけにもいかないか——……）

腕を組んだままネロリが目を閉じて顔を伏せるのと同時に、ティエンが手をついていた窓が突然バリバリと音を立てて震え始めた。

「うわっ……！　な、なん…っ…」

「ティエン、窓際危ない。こっちおいで」

驚いて一歩後ずさったティエンにベッドの上から手を差し伸べると、ティエンは慌てたようにベッドに駆け寄って背後にネロリを庇《かば》う格好でネロリの前に立ちはだかった。

大丈夫だから、と声をかけてやりながらティエンの腰に腕を回す。二人して見遣った窓の向こうには、光の街のシンボルでもある大観覧車が見える。

目を細める一瞬の静寂の後、流れ星にしてはあまりに大きく、あまりにも明るい何かが観覧車の端を掠めて街の中心に落ちた。

物の輪郭も見えなくなるほどの強烈な光が辺りを満たし、続けざまに耳を裂くような轟音《ごうおん》が町中に響き渡る。

ホテルの壁や窓ガラスがいっせいに振動する。床が波打つように大きく揺れて、ティエンの体が後ろによろめいた。それを片腕で支えてやりながら、ネロリはわずかに目を細める。

とっさに両腕で顔を覆ったティエンも、閃光《せんこう》が消え、地響きも収まるとゆるゆると腕を下げ、窓の外の光景を見て、絶句した。

窓から見る街にはもうもうと土埃《つちぼこり》が舞い上がり、その埃の向こうでちらほらと火の手が上がっている。さらに大観覧車のすぐ脇には大きなクレーターができていて、途方もない規模の砲撃でも受けた直後のようだ。

土埃が収まってくると、辺りは静寂に包まれる。続いて、遠くからじわじわと迫ってくる潮騒のような音がする。耳を澄ませたティエンの横顔が強張った。押し寄せてくるのは、街にいるたくさんの悪魔たちの悲鳴と怒号だ。

硬直するティエンの腕を、いつの間にかベッドから下りていたネロリが引っ張った。

「行こうか、すぐに第二陣がくるよ」

ネロリの言葉が終わらぬうちに、再び窓の外で轟音が上がった。

上空から突然の攻撃を受けた光の街は混乱の坩堝と化していた。

そこここで火の手が上がり、建物は崩れ、傷ついた悪魔が倒れ、怒り狂った悪魔が街から上空へ向けて攻撃を返す。怒声の飛び交う喧騒の中、街を出たネロリとティエンは多くの馬車が停《と》められている街の塀沿いへやってきていた。

一刻も早くこの場から逃げ出そうとする悪魔たちでごった返したその場所で、ネロリは高く指笛を吹く。すると、すぐさま質素な馬車を引いた馬がネロリたちの元へ寄ってきた。

「ネ、ネロリ様、この馬車は——……」

「クライブが地下通路を通ってここまで運んでおいてくれたやつ。早く乗って、見た目はボロいけど馬は上等だ」

先に馬車に乗り込んだネロリが腕を伸ばしてティエンを素早く引き上げる。ネロリの胸に倒れ込むようにティエンが馬車に乗り込むと、馬は察したようにすぐさま駆け出した。

「さっすがクライブの愛馬。賢いし、速い」

ティエンを胸に抱き寄せたまま、ネロリは機嫌よく笑う。ネロリの言葉通り、御者もないのに馬は真っ直ぐ走り続け、その上どんどん他の馬車を追い抜いていく。

街の中にあるホテルから全力で駆けてきて苦しそうに肩で息をしていたティエンは、ネロリの胸に凭れていたことに気づいて慌てたように体を離した。少し赤くなった顔を隠すように背後を振り向き、簡素な幌《ほろ》の隙間から遠ざかっていく街の様子を見て、顔を顰める。

光の街には相変わらず上空からの攻撃が続いている。空の高いところに複数の人影が浮かび、さらにその上で雷の塊のようなまばゆい球が膨らんで断続的に街に落とされる。街から反撃する者もいるようだが、多くは雷球に飲み込まれてほとんど相手のダメージにはなっていないようだ。

次々と大きな建物が壊れていく様を痛々しそうに見遣りながら、ティエンは掠れた声で呟いた。

「一体、誰の仕業でしょう……。ギルベルト様……？」

「いや、ギルベルトはクライブを追って街を離れただろうから違うな」

だったら誰なのだと言いた気にこちらを見るティエンに、ネロリは軽く背後を振り返ってから肩を竦めた。

「攻撃に雷使う奴は珍しいよ。多分あれは、サーシャ」

えっ、と短い声を上げたきりティエンは黙り込む。ネロリが冗談でも言ったと思ったらしい。ジッとネロリの横顔を見詰め続け、けれどこちらを見返したネロリが口元に淡い笑みを残すばかりで何も言わないのを見ると、一気に顔を強張らせた。

「そんな……！　サーシャ様はネロリ様が王位を継ぐのを賛成されて、贈り物まで……！」

「社交辞令ってやつでしょ。次期魔王に名前売っとこうっていう」

ティエンは愕然とした顔をしているが、ネロリとしては予想の範疇《はんちゅう》だ。

次男のフラムと親交のあったサーシャなら、執事のアルマンから何か情報を聞き出すことができたかもしれない。あるいは先行するギルベルトの動向を窺いつつ、こういう機会を狙っていたのか。

悪魔のくせに裏切られたことがショックなのか、呆然と宙を見ているティエンの肩を苦笑と共にネロリが叩く。

「でもこうなればもう大丈夫だって。あと少しで腕輪をつけてから丸六日だ。親父の魔力が継承されるのにどれくらい時間がかかるかわからないけど、完全に無防備な一番危ない状態からは解放されるんだし」

それに、とネロリは背後を指差す。

「街からこれだけたくさんの馬車が四方八方滅茶苦茶《めちゃくちゃ》に逃げてくんだ。どの馬車に俺たちが乗ってるのかなんてわかりっこないんだから、追いかけられないよ」

ネロリに促され、もう一度ティエンも背後を見る。そこには自分たちと同様、街から少しでも離れようと馬車を駆るたくさんの悪魔たちの姿があった。百や二百はいるだろう。大地を走る者、空を翔けるもの、四方八方散り散りに逃げ去ろうとする馬車すべてを攻撃するのは難しそうだ。

ようやく納得したようにティエンが肩から力を抜いたのを確認して、ネロリは狭い座席で可能な限り足を伸ばした。

「俺たちはこのまま水晶の洞窟に向かおう」

「え、お城に戻られるのでは……？」

「いや、城の前で待ち伏せされてるかもしれないからね。近くに水晶でできた洞窟があるんだけど、知ってる？　水晶が魔力を使った攻撃を全部跳ね返しちゃうんだけど」

ティエンはネロリを振り返り、呆れたような息を吐いた。

「知っているも何も、その洞窟をネロリ様にお教えしたのは私です」

「あれ、そうだっけ？」

言われてみれば、ティエンがまだネロリと出会う前、他の悪魔たちに追われてよく逃げ込んでいたとか聞いたことがあるような、ないような。

首を傾げたネロリの横顔を見て、ティエンが小さな笑みをこぼしたときだった。

馬車の背後から強い風が起こって車体が大きく揺れた。揺れたというより、浮き上がったようだ。さすがに驚いた顔でネロリが振り返ると、幌の隙間から背後で砂埃が巻き上がっているのが見える。さらに目を凝らせば、馬車の軌跡を追って大地を抉ったような窪《くぼ》みが後方にできていた。

上空から突然の攻撃を受けたことを悟った周りの馬車がいっせいに離れていく。ネロリもそれに倣おうと御者台に飛び移ろうとしたところで再び背後で轟音が上がった。

明らかに、ネロリたちの乗っている馬車を狙って上空から攻撃されているようだ。

「当てずっぽう……ってわけじゃなさそうだな……?」

呟いたところで三発目が飛んできた。今度は馬車の脇すれすれに雷の砲撃が落ちる。

馬が大きく右に逸れ、ティエンがネロリの胸に倒れ込んでくる。ネロリはそれを抱き止めてやりながら目まぐるしく思考を巡らせた。

この馬車は普段クライブの使っているものではない。今回の逃亡のためにわざわざ用意したものだ。だから上空からこの馬車を見ただけでは中にネロリたちがいることなどわかるはずもないのに。馬車に乗るときだって辺りはひどく混乱していて、遠くからネロリたちの動きが把握できたはずはない。それなのに、上空にいるサーシャたちは街の攻撃から迷わずこの馬車への攻撃に切り替えてきた。

(だったら、どうしてこの馬車だってばれた……?)

歯噛みしそうになったところで、ネロリの目前にふわりと金色の粉が舞い上がった。目の端でそれを捉《とら》え、光粉だ、とネロリは思う。街で光を作り出すエネルギー源となる物質。人の絶望や悲しみや憤怒や、負の感情が生み出す光の粉。

先程まで光の街にいたこともあり、一瞬そのまま見過ごしてしまいそうになったネロリだが、すぐさま視線で光粉を追って目を見開いた。

「ティエン、動くな」

胸に抱き寄せていたティエンに短く告げて、ネロリは後ろで一本に編み込まれたティエンの長い髪をかき上げた。

銀色の髪で隠されていた項《うなじ》が露わになる。

細いティエンの首の後ろで、掌に乗るくらい小さな金色の蝶が羽を広げていた。

ネロリが蝶を摑み上げようとすると、察したように蝶はパッとティエンの首の後ろから飛び立った。何事かとティエンも顔を上げ、座席の上を飛び回る蝶を見上げて瞠目する。

「あれは……サーシャ様から贈っていただいた――……」

数日前、王位継承の祝いにとサーシャが送り届けた蝶だった。ネロリが捕まえようと腕を伸ばしてもするりと指先を通り抜ける。蝶が羽をはばたかせるたびに、辺りに金色の鱗粉《りんぷん》が舞い上がった。

どうやら目の前ではためいているのは本物の蝶ではなく、光粉で蝶の形を作ったものに魔力を込め、本物そっくりに動かしているだけらしい。蝶ははばたくたびに身を削るように全身から光粉をまき散らし、その光を追ってサーシャたちはネロリを追いかけてきたようだ。

クライブの街や、ごく一部の悪魔が居を構える城以外はほとんど光源らしい光源のない魔界では、たった一匹の蝶がまき散らす光でも十分な目印になっただろう。街では至る所に光が溢《あふ》れていたから、気づくのが遅れた。

ようやく蝶を掌に握り込んだネロリはぐしゃりとそれを握り潰す。手を開くと、さらさらと砂金がこぼれるように光粉が辺りに漂った。

ティエンは自分の首の後ろに指を添え、辺りに漂う光粉を見ながら掠れた声で言った。

「ネロリ様のお部屋に置いておいたはずなのに……いつから、私に――……」

「さてね。わからないけど、やっぱり普段ニコニコしてる奴が一番腹黒い」

笑いながら言って手についた光粉を払っていると、頬にティエンの強い視線を感じた。横を向くと、予想通りティエンは顔面蒼白になってネロリを見ている。

「私のせいで――……」

違う、と即答してやるつもりだったが、それより早く轟音と共に馬車が大きく揺れた。今度は先程より衝撃が大きい。攻撃が馬車を掠めたようだ。幌の向こうで、車輪が外れて空中に吹っ飛ばされるのが見えた。

馬車は大きく傾いて、そのまま横倒しになる。

体の軸が傾き、どちらが地面でどちらか空なのかわからなくなりながらネロリはティエンを抱き寄せる。さすがにまずい状況だ。クライブがそろそろ街に戻ってくるはずだが間に合うかどうか。両手に嵌められた腕輪の宝石は黒のまま。クライブが応援にくるのが先か、ネロリの魔力が戻るのが先か、それともサーシャに自分が葬られるのが先か。

どう転んでもおかしくなさそうだとネロリが奥歯を噛んだときだった。

木片の吹っ飛ぶ豪快な音と同時に、突然の浮遊感に襲われた。

冷たい風が勢いよく頬を切る。思わず閉じていた目を開けると、眼下で大地が後方へ流れるように去っていく。

顔を上げ、目を見開いた。頭上には大きな翼を広げた銀の竜がいて、ネロリはその竜の大きな鉤爪《かぎづめ》に肩を摑まれて空を飛んでいた。

視界一杯を覆うような大きな翼を広げた竜は、ティエンだ。

ティエンが本来の姿に戻るところを久々に見た。錆《さ》びた鉄の板を張り合わせたような体に、びっしりと顔を覆う刺々しい鱗。口元から覗く牙はガタガタと不揃いで、でもやはり、暗闇に広げられた翼は誰よりも大きく、美しい。

ティエンはこの本来の姿を人目に晒すことを何よりも恥じていて、もしかすると初めてティエンと会ったあの日以来見ていなかったかもしれない。久方ぶりのその姿に目を奪われたのは一瞬で、ネロリはすぐさま我に返るとティエンに向かって大声を上げた。

「ティエン！　無茶するな、こんなことしたら――…っ…」

言い切らぬうちに頭上から眩《まぶ》しい光が降り注ぎ、爆炎を上げティエンの体が大きく揺れた。背中に攻撃を食らったらしい。

ネロリは息を飲むとさらに声を大きくする。

「見ろ！　お前の体じゃ的が大きすぎる！　狙い撃ちされるぞ！」

『しかし馬車は大破しました、走っていては、洞窟に辿り着く前に仕留められます』

ネロリの体を摑んで地面すれすれを飛びながら、ティエンはネロリの心に直接語りかけてくる。ネロリは鷹に捕らわれた魚よろしくティエンに摑まれながら声を張り上げた。

「このままだと洞窟に着く前にお前が死ぬ！」

『いいえ、私の体はネロリ様の思うより頑丈にできていますから』

「馬鹿言うな！　サーシャだって七公爵のひとりだぞ、その攻撃を受けて……！」

無事でいられるわけがない、その言葉はまたしても轟音にかき消された。空中を飛ぶティエンの体が大きく傾いで、それを見上げるネロリの頰にびしゃりと水がかかった。

手の甲で拭って、ぎょっとする。それは水ではなく、血だ。

「――…っ…ティエン！　どこが頑丈だ！」

ネロリに向けられる攻撃はすべてティエンが大きく広げた翼と背中で庇ってしまう。その結果こうして血を流しているのがネロリには耐えられない。体を捩《よじ》ってティエンの手から逃れようとすると、前よりもきつく肩に爪が食い込んだ。

『もう少しで洞窟に着きます、大人しくしていてください』

見上げたティエンの横顔が、鮮血で汚れている。その間にも、二発、三発とティエンの翼や背中に雷の砲弾が落とされる。鉄臭い血の匂いに混じって肉の焼ける匂いまで鼻先を掠め、ネロリは喉を引き攣らせるようにして叫んだ。

「よせ！　本当に死ぬぞ！」

ネロリの頬に、肩に、雨のように血が降り注ぐ。それでも胸に流れ込んでくるティエンの声は穏やかだ。

『借りはお返しします』

ネロリは一瞬何を言われたのかわからず、前日自分がホテルで口にした言葉だと気づいて奥歯を嚙み締めた。

「そんな話……真に受ける奴があるか……！」

拾ってやったんだからその借りを返せ。そう言っておけばティエンは自分の側にいてくれると思っていたが、まさかこうまでして自分を守ろうとするとは思わなかった。

ネロリには、ティエンに守られるという認識がまるでなかったのだ。いつだって、ティエンを守ってきたのは自分の方だった。魔力が底をついてさえ、ティエンに守られるなんて端から考えていなかった。

その結果がこれだ。

ティエンが自分を守る立場になったらこういうことが起こることくらいわかっていたのに。身を挺《てい》してでも守ろうとすることくらいわかっていたのに。

そんな状況をまともに考えようとしなかった自分に猛烈に腹が立った。だが、今の自分にはティエンを止めることさえできない。力なく見下ろした腕輪に嵌められた宝石は、やはり黒い光を跳ね返すばかりだ。

またしてもティエンの背中にまともに攻撃が落ちて、ネロリは両手で顔を覆った。

「……ティエン、頼むから——……」

こんなにも、自分を無力だと思ったことなどない。降り注ぐ雨のような血と、何度も高度を下げそうになっては無理やりはばたくティエンを見ていられなかった。

『着きます』

だから、ティエンが短くそう告げたときは心底ほっとした。目を開けると、確かにすぐそこまで水晶の洞窟は迫っている。

切り立った水晶の山の一点にぽっかりと口を開けた洞窟の入口めがけてティエンが突っ込んでいく。入口は狭く、大きな竜の姿のまま中へ入れるとは思えない。このままでは水晶の壁に激突すると思ったところで、いきなりティエンが人の姿に戻った。

滑空中に人に戻ったものだから、二人して勢いよく空中に投げ出された形になる。ネロリはとっさに腕を伸ばしてがむしゃらにティエンの体を抱き寄せた。

次の瞬間、すべての音が消え失せた。

息が止まる、自分がどこにいるのかわからなくなる。先程まで全身を包んでいた風はすっかりやんで、空気がどことなく淀んでいる。

ガッ、と妙な音がして、自分が血を吐いたことがわかった。背中から洞窟の壁に叩きつけられ、本気で息が止まっていたらしい。息を吸い込むだけで背中と腹が痛む。どこをどうぶつけたんだと眉根を寄せ、ハッとしてネロリは自分の腕の中を覗き込んだ。

どうにか空中で抱き寄せることには成功したらしい。腕の中にはティエンがいる。だが、ティエンはネロリの胸にぐったりと凭れかかり、服も肌も血だらけだ。

「ティエン！　おい！」

洞窟内に響き渡る自分の声は、自分でも聞いたことがなかったくらい必死だ。それを嗤《わら》う余裕もなくティエンの顔を覗き込んでいると、ようやく瞼が微かに動いた。

「ティエン……！　大丈夫か、傷は——……っ……」

「お……奥へ……早く……追手が——……」

微かな息の下から漏れる声は途切れがちで、あまりにか細い声音にぎくりとしたものの、ネロリはすぐにティエンを肩に担いで立ち上がった。その足で洞窟の奥に向かって走り出しながら背後を振り返る。

すべての魔力攻撃を跳ね返す水晶の洞窟に攻撃を放ってくるほどサーシャたちも浅はかではないらしい。その効果は洞窟内でも有効だ。壁も天井もすべて水晶でできた洞窟内では、下手に攻撃をするとすべて壁内で跳ね返り、最悪自分の元へ返ってきかねない。

今のうちにできるだけ奥へ逃げようとネロリは走る。

「ティエン、人の姿借りてるのは辛いだろうけどもう少し耐えろよ！　奥に広い空間がある、そこでなら元の姿に戻っても大丈夫だ！」

人の姿を保っているのもそれなりに体力がいる。本来なら、元の姿に戻った方がティエンの体にかかる負担は少ない。それでも、ネロリと共に狭い通路を進めるようティエンは人の姿を保ち続けている。

肩に担いだティエンが弱々しく何か答えたような気もしたが、最早振り返っている余裕もなかった。洞窟の奥目指してネロリは全力で走り続ける。

「もう少ししたらクライブが来る！　この洞窟に逃げ込むことは伝えてあるし、俺の魔力もそろそろ戻る！　そうしたらちゃんとその傷治してやるから！」

言葉の途中で強く歯噛みしたら奥歯がギシリと鈍い音を立てた。

魔力がないとこんなにも無力なのか。ティエンの傷ひとつ直してやることができない、愚鈍に二本の足で走ることしかできない。その上自分の体も傷ついて、走るたびに背中や足や腹が痛む。魔力が尽きかけ人の姿を保ちきれなくなってきたのか、肌の上がぐずぐずと熱い。

息が上がって足が縺《もつ》れそうだ。自分の体が嘘みたいに使い物にならない。

それでも必死で走り続け、ようやく洞窟の奥にある広い空間まで辿り着いたときは全身ぐっしょりと汗をかいていた。ドームのように天井の高い円形に開けたその場所で、ネロリはようやく肩に担いでいたティエンを下ろす。途中、耳をそばだててみたが追ってくる足音は聞こえない。洞窟の中は道が入り組んでいるので、途中でネロリたちを見失ったのだろう。

ホッと息をつき、ティエンの体をゆっくりと地面に横たえた。

「全力疾走なんて滅多にしないから汗だくだ。これじゃあまるで、人間——……」

窮地を笑い飛ばそうといつもの口調でそう言ったネロリの口元が、ふいに固まった。

「…………ティエン？」

ティエンは目を閉じて眠っていた。

いや、眠っているわけがない。体中傷だらけで、出血も止まらず、痛みに呻いているのが本当だ。それなのに、ティエンは静かに目を閉じて動かない。

「ティエン、おい」

ティエンの傍らに膝をつき、血と泥で汚れた頬に指先を添える。それでもティエンは動かない。唇を指先でなぞってみて、ようやく理解した。

ティエンは息をしていなかった。

目を見開いて、ネロリはティエンの顔を見下ろす。

まさか、と思った。自分が側についていながらティエンが息を引き取るなんて、そんなことがあるわけがない。

けれど同時に、竜に姿を変えたティエンが自分を洞窟まで運んでくれたときの情景を思い出す。上からバタバタと降り注ぐ血の量と、生身の肉が焼ける匂い。

「ティエン？　ちょっと、冗談だろ？」

ひたひたとティエンの頬を叩いてみる。それでもティエンは動かない。

「答えろって、王様命令だぞ？」

冗談めかして言ってみても結果は同じだ。ただ静かに目を閉じている。

「ティエン、違うだろ、そうじゃなくて」

言葉が意味をなさなくなってきた。ティエンに顔を寄せ、穴の開くほどその顔を見詰める。やはり息はしていない。ティエンはまったく動かない。生者と死者を分かつのは、その体に揺らぎがあるかどうかの違いなのだと思い知る。生きていれば、ただ息をするだけで体が動く。それなのに、目の前のティエンはまったく動かない。揺らぎがない。

「ティエン、ティエン、なぁ」

ティエンはもう、生きていないのだ。

「ティエ――……」

血で汚れたティエンの顔の上に、ぱたりと一滴、水が落ちた。

ぱたぱたと落ちてくるそれを最初、洞窟の天井から落ちる滴だと思った。けれど見上げた天井に水の気配はなく、でももう一度下を向くとティエンの頬に滴が落ちて、ようやくネロリはそれが自分の涙だと自覚する。

自分が泣いていることを驚くことすらできなかった。ただ真っ白になった頭の中に、いつかクライブと交わした言葉が蘇る。

『たとえばあのインキュバスの子がいなくなったりしたらどうなる?』

『そうだな、泣くかもしれないな』

『クライブが? 想像つかないよ』

自分が逆の立場に置かれたところなどもっと想像できないと思っていたのに、確かに今、自分は涙をこぼしている。

ティエンの頬に、ひっきりなしに涙の粒が落ちる。その涙を指で拭ってみても、ティエンは何も言わない。ありがとう、も、もう結構です、も、大丈夫ですから、も。何もない。

ティエンから返ってくる反応は、何もない。

この先も永劫何もないのだと思ったら、胸の中にドッと悔恨が押し寄せた。

「ティエン――……」

洞窟内に反響する自分の声は、ひどく掠れて切れ切れだ。唐突に呼吸が痙攣《けいれん》したようなものにすり替わり、息をするのも覚束なくなる。

物言わぬティエンの前で、その名を呼ぶことしかネロリにはできない。後悔ばかりが溢れ出て喉元を締めつける。

とんでもないものを失ってしまった、もう二度とこれと同じものは手に入らないのだと思ったら、ざっと体から血の気が引いた。

（そうだ、これと同じものも、これ以上のものも、もう、ない）

ティエンがいなくなってから気づくなんてどうかしている。百年先も二百年先も問題ではなく、千年経ったってこれ以上の誰かに出会えるわけがないのに。

どうして気がつかなかったのかと思ったら嗚咽《おえつ》が漏れた。どうして失うことを一度も考えなかったのだろう。たとえ自分がこの先十万年を生きたとしても、常にティエンがその傍らに寄り添ってくれると決まっていたわけではなかったのに。

でも、自分は守れると思っていたのだ。自分さえいれば、ティエンが命の危機に晒されることなどないと思っていた。離れ離れになることなど想像をしたことすらなかった。たとえティエンが自分の元から逃げ出しても探し出せる自信もあった。

結局自分は、端からティエンを手放すつもりなんて毛頭なかったのだ。

それなのに、心変わりする可能性が存在する以上無視できない、なんて賢《さか》しい振りをして本音を口にしたことがなかった。なんて馬鹿だと痛烈に思う。人間ごとき、と人を馬鹿にしていた自分の方がもっと愚かだ。人間ですら、たったひとりを永遠に愛することができるこ

とを知っていたのに。

気づいたときには何もかも遅い。ネロリは両腕を伸ばしてティエンを抱き上げる。意思を失った体は砂袋のようだ。全部失ってしまったのだと思ったら声も出なかった。

ティエンはいない。

もう、自分が気まぐれに摘《つ》み取った花をしおりにして、大事に大事にとっておいてくれるような誰かは現れない。

お帰りなさい、と、怒ったような顔で言って、でもやっぱり嬉しそうに出迎えてくれる誰かも、きっと。

「――………っ…」

力一杯ティエンを抱きしめ、ネロリは喉を仰《の》け反らせる。

ネロリの息が止まって、次の瞬間、洞窟中の空気を揺るがすような慟哭《どうこく》が響き渡る。

地面が、壁が、ネロリの両腕につけた腕輪が共鳴するように振動して、腕輪についていた黒い宝石が、高い音を立てて砕け散った。


そのとき、クライブは自分を襲ってきたギルベルトと他二名を魔力のこもった鎖で馬車に繋ぎ、水晶の洞窟へ向かっている最中だった。

時折背後を振り返り、三人が自らの翼で空を飛んでこちらについてきていることを確認していたクライブは、突然前方で上がった火柱に目を剝いた。

軽く嚙み合わせた奥歯が震えるほどの轟音と共に魔界の空高くまで燃え上がった炎の柱は、水晶の洞窟がある方向だ。轟々と音を立てて燃える炎に目を丸くしながらも、クライブは馬車の速度を上げた。後ろから、ギルベルトたちが慌てたように翼をはためかせる音がする。

洞窟は、見上げるほど高い水晶の崖の一部に存在していたはずだった。だからクライブは水晶の崖を探して馬車を走らせていたのだが、まずその崖が見つからない。どういうことかと目を凝らすと、崖のあった場所が丸々炎に飲み込まれている。

洞窟どころか水晶の崖が丸ごと業火によって焼き尽くされたのだとクライブが理解したのは、炎の近くでへたり込んでいるサーシャたちの側に馬車を停めてからだった。

「何があった！」

馬車から飛び降りるなり、クライブは地面に尻餅《しりもち》をついているサーシャに鋭い口調で尋ねた。サーシャの後ろには、やはり七公爵の一員であるリチャードとシューマンの姿もある。だが全員呆けたような顔で、目の前で燃え上がる火柱を見たまま動こうとしない。

クライブも一緒に炎の向こうに目を凝らし、息を飲んだ。

途切れる先が見えないくらい天高く燃え上がった火柱の中心に、禍々《まがまが》しく歪んだ生き物の姿があった。

「…………ネロリか？」

炎の中でゆらりと影が揺れる。巨木のような太い腕と盛り上がった背中、そこから生えているのは黒々とした四枚の翼。見え隠れする横顔は最早人のそれではなく、髪は赤く燃え上がって熱風が吹き上がるたび一際赤味を増すようだ。

クライブでさえ初めて見る、完全に人の姿を失ったネロリの姿だった。

「魔力の継承が完了したのか……」

呆然と呟いたものの、どうやら話はそれだけでは済まなそうだ。どう見てもネロリの様子がおかしい。

ここでようやく、サーシャが最前のクライブの問いかけに答えた。

「……おそらく、従者のティエンが……」

サーシャの言葉が終わらぬうちに、炎の中でネロリが何かを抱きしめるような仕種をした。その腕の中にぐったりとして動かないティエンがいることに気づいて、大方の状況を理解したクライブは鋭く身を翻すと炎に向かって一歩足を踏み出した。

「ネロリ落ち着け！　今ならまだ、魔力を与えてやればティエンは息を吹き返す！」

クライブの声が届いたのか、一瞬こちらを振り向いたネロリが地鳴りのような声を上げた。

『生き返らない……ティエンはもう――……』

「大丈夫だ！　まだ心臓が止まって間もないだろう！」

炎の中で、ゆるりとネロリが首を振る。

『魔力なら、さっきからずっと俺が注いでやってる……でも、もう――……』

そこで一度ネロリの声は途切れ、剥き出しの肩が炎の中でぶるぶると震え出す。

『ティエンひとり守りきれなくて、何が魔王だ……！　王位継承なんてくだらないことのために、ティエンをこんな目に遭わせて――……！』

全身に炎を纏わせながら、そこでぷつりとネロリは言葉を切る。

短い沈黙の後、ネロリはほとんど宣言するような口調で言った。

『ティエンが死んだら魔界なんて、全部炎で呑《の》み込んで跡形もなく壊してやる――！』

ひどく抑えた声ではあったが、激しい怒りのこもったネロリの声に合わせて炎の中心から熱風が吹きつけてくる。クライブの馬車に繋がれたギルベルトたちも、地面に尻餅をついて立ち上がれないサーシャたちも、じりじりと迫ってくるネロリの怒りと熱気に当てられ、ヒッと短い悲鳴を上げて炎から顔を背けた。

そんな中、クライブだけは熱風に目を眇めつつも怯まずネロリに叫び返す。

「今のお前が本気でティエンに魔力を注いだら、ティエンの体は木端微塵だ！　まだ魔王の魔力を継承したばかりで力のコントロールができていないだけだろう！　私が代わりに魔力を分けてやる、通せ！」

ネロリが肩越しにクライブを振り返る。およそ理性を感じさせない金色の瞳がクライブを睨みつける。その目を見返し、クライブは声を張り上げた。

「早くしろ！　間に合わなくなるぞ！」

その言葉にわずかではあるがネロリの肩が揺れる。次いで、四方数メートルに及ぶ火柱の中心からクライブの立つ位置まで、ザァッと火の海が割れて人ひとり通れるくらいの道ができた。

クライブは大股でその小道を通ってネロリの元までやってくる。近くで見たネロリは普段の姿の三倍はある大きさで、その腕に抱えられたティエンは人形か何かのようだ。

クライブがティエンを地面に下ろすよう告げると、ネロリは一瞬嫌がるような仕種を見せたものの、歯を食いしばってクライブの傍らにティエンを横たえた。

相変わらず、ティエンは息をしていない。

両腕につけた腕輪の宝石が砕け散り、全身に押し寄せるように魔王の魔力が流入してきてからネロリはずっとティエンに魔力を分け与えようとしていたのだが、継承したばかりの力はまだ安定していないのか、どうやら上手くいっていなかったらしい。しかしクライブの言う通り、闇雲にティエンに魔力を注ぎ込んでその体を粉微塵にさせてしまわずに済んだのは僥倖《ぎょうこう》だった。

クライブは横たわったティエンの傍らに立ち、片手をティエンの体の上にかざして魔力を注ぎ込んでいるようだ。クライブの手から青白い光が放たれ、ティエンの全身を包み込む。

「……心臓が止まってから、少し時間が経ちすぎているようだな」

ティエンに魔力を注ぎながら、クライブが眉根を寄せて呟く。自然、ネロリの口から低い雷鳴のような呻き声が漏れた。単に傷を治すくらいならまだしも、死者の世界に足を踏み入れた者をこちら側に呼び戻すのは、高位の悪魔にも難しいことだ。

クライブは横目でネロリを見遣ってから、遠くにいるギルベルトやサーシャたちに向かって大声で言った。

「お前たちも手伝え！　一気にこちら側に引き戻すには私だけでは魔力が足りない！」

言いざまクライブが空いている方の手で指を鳴らすと、馬車に繋がれていたギルベルトたちの鎖が飛び散った。だが、ギルベルトたちは怯えた表情で互いの顔を見合わせるばかりでなかなか動き出そうとしない。こんなにも激怒したネロリに近づいたらそのまま取って食われるのではないかという恐怖が全員の顔にはっきりと浮かんでいる。

クライブは舌打ちしながら怒鳴り声を上げた。

「早くしろ！　どちらにしろ、ティエンがこのまま息を吹き返さなければ魔界もろともお前たちも消されるぞ！」

クライブに同調するようにネロリが天に向かって咆哮を上げる。それだけで魔界の大地が大きく揺れ、ギルベルトたちは泡を食ったようにこちらに向かって駆けてきた。

「……ネロリも、そろそろ人の体に戻れ。あいつらが怯えて集中できなくなる」

クライブの言う通りギルベルトもサーシャも、身の丈五メートルを超えるネロリの側から少しでも離れていたいのか、ティエンに魔力を与えてやりながらも体は後ろに逃げている。

ネロリは低く唸りながらなんとか自分の気持ちを静めようと奥歯を噛み締めた。

やはりまだ魔力のコントロールが覚束ないらしく、人の姿に戻ることすら一苦労だ。じりじりと体が縮むのを待ち、口元から覗く牙や手足から伸びる鋭い爪をなんとか押し込める。最後に髪についた炎が風に煽られ吹き消され、ようやくネロリは人の姿に戻ることができた。いつもと同じセーターにジーンズという軽装で、ネロリはティエンを囲む七公爵たちの間をかき分けるようにしてティエンに近づいた。

地面に仰向《あおむ》けに横たえられたティエンの体は、公爵たちの魔力を受けて青白く光っていた。

ネロリはその傍らに膝をつき、ティエンの頬に指を添える。自分も魔力を注ぎ込もうとしたが、上手くいかない。荒々しい奔流のような魔力を抑え込むのが精一杯だ。

七公爵たちからこれだけの魔力をいっぺんに注がれてなお、ティエンの瞼はピクリとも動かない。息を吸うことをやめた胸も静止したままで、ネロリはきつく眉根を寄せた。

(間に合わなかったか――……)

魔界の固い大地に爪を食い込ませ、ネロリは深く項垂れる。

たったひとり自分の手の中からこぼれ落ちただけなのに、この喪失感はなんだろう。

実際にはティエンひとりいなくなっただけなのに、何もかも失ってしまった気分だ。ネロリは緩慢な動作で顔を上げると、目を閉じて動かないティエンの顔を真上から覗き込んだ。両手で小さな顔を包み込み、顔を寄せる。

ネロリ、とクライブの制止するような声が聞こえた気もしたが、気にならなかった。後悔する気力すらない。心の中がこんなにも虚《うつ》ろになる瞬間があることをネロリは知らなかった。人の心なんて把握するのは簡単で、容易《たやす》く操れると思っていたのに、実際には何もわかっていなかったじゃないかとネロリは目を閉じる。

愚かな自分に対する、これが罰だ。

(——……呪われろ)

呪詛《じゅそ》の言葉は自分自身に向けられる。ティエンの頬を両手で包んだまま、ネロリはティエンの乾いた唇に触れるだけのキスをした。

背後で七公爵たちがいっせいに息を飲む気配がした。

キスは呪いだ。キスをした相手が死ねば自分も死ぬ。

すでに心臓を止めているティエンにキスをしても呪われるのか。もしやこのままネロリも息を引き取るのではないかと全員が固唾《かたず》を飲んでなりゆきを見守る中。

「……ティエン」

まだ互いの唇が触れ合うくらいの近さでティエンに顔を寄せていたネロリが、息の掠れるような声でその名を呼んだ。

だから、その瞬間を見たのはネロリだけだ。

それまで彫像のように完全に静止していたティエンの瞼がピクリと動き、その下から灰青色の瞳が現れる。覗き込んだその目の美しさに息を詰めたネロリには気づかず、ティエンは一度瞬きをすると、再び静かに瞼を閉じる。

そして、スゥッと大きく、息をした。

ティエン、と名前を呼んだのかどうかも定かではない。ネロリはただがむしゃらに腕を伸ばしてティエンを胸に抱き寄せた。頬を当てたティエンの首筋は温かかった。肌の下で血管が脈を打っている。耳元で、規則正しい呼吸の音がした。

生きている、と思ったら、冷え切った自分の体にもドッと血が巡るのを感じた。

「——……戻ったか」

クライブが、大きく息を吐きながら呟いた。

頷くと、声の代わりに涙が出た。

ぽつりと一滴こぼれたそれを肩口で拭って、ネロリはティエンの顔を覗き込む。

ティエンはまた意識を失ってしまったようだ。だが呼吸は安定していて、ネロリはホッと息を吐くと無言のままティエンの体を横抱きにして立ち上がった。

ふと顔を上げると、クライブが呆れたような顔でこちらを見ていた。事態を大袈裟にしす

ぎだと思っているのか、それとも後先考えずにキスなんてしたことを責めているのか。

わかってる、というように頷いて、ネロリはティエンを抱いたままその場を後にしようとする。すれ違いざま短く礼を述べたところで、クライブに呼び止められた。

「今回の件に関する咎《とが》めはないのか?」

振り返ると、クライブの背後にギルベルトとサーシャ、その他すべての七公爵たちが揃っていた。青褪める彼らの顔を一瞥《いちべつ》して、ネロリは無感動な目で頷いた。

「いいよ。ティエンのこと助けてくれたから、今回の件は不問に処す。それに、七公爵がいなくなったらまた魔界のパワーバランスが崩れて面倒なことになりそうだし」

もう興味もないとでも言いた気な口調で言って、ネロリはバサリと背中に漆黒の翼を広げる。本人に自覚はないようだが、明らかに大きさを増した翼の数は、四枚だ。

クライブの後ろに立つ七公爵たちが声を飲んだ。四枚の翼は、これまでネロリの父親である大魔王しか持ち得なかったものだ。

翼を広げたまま、ふと思い出したようにネロリが肩越しに背後を見た。

「一応忠告しておくけど、次に同じことしたら魔界ごとぶち壊すから」

軽い口調ではあったが冗談でないことは、ネロリに睨まれた全員が理解していた。魔王の力をもってすれば、魔界ひとつ消滅させるのも難しいことではない。そしてネロリはもう、正真正銘魔界の大魔王になったのだ。

返す言葉もなく立ち竦む七公爵たちに背を向けて、今度こそネロリは大きく翼を上下させる。途端に辺りに突風が吹き荒れ、クライブを除く七公爵たちは目も開けていられず両腕で顔を覆った。

風が弱まり、再び顔を上げたときにはもう、ネロリの姿はどこにもない。

その場に残されたクライブは、背後に居並ぶ七公爵たちから見る間に反感の意思が萎《な》えていくのを感じながら溜息をついた。

大変な奴が魔王になったと呆れ顔でいられるのは、親友であるクライブだけだ。

城に戻ると玄関ホールにはエックハルトとアルマンがいてネロリを出迎えてくれた。

戻ってきたネロリの背に四枚の翼があったことと、その両腕にもう腕輪をつけていないことを確認して、二人は慇懃にネロリに頭を下げた。無事継承が終わってしまった以上、もう難癖をつけるつもりもないのだろう。完全に王に対する態度で接してきた。

圧倒的な力に対しては非常に従順な二人に、しばらく部屋に近寄らないよう言いつけてからネロリは寝室に戻った。

寝室には、壁一枚隔てた隣室にバスルームも備えてある。ネロリはまだ意識の戻らないティエンの服を脱がせると指を鳴らしてバスタブに湯を張った。ようやく魔力も安定してきたらしく、久々に指先ひとつで多くのことがこなせる現状をありがたく思う。

よほど深く眠っているのか、ゆっくりと湯船に浸からせてもティエンの意識は戻らない。

血と泥で汚れた頬や腕を拭ってやりながら注意深く観察したところ、体には傷ひとつ残っていなかった。さすが、七公爵たちが命がけで魔力を注いだだけのことはある。

ようやくティエンが目を覚ましたのは、すっかり体を清められ、上等なバスローブに包まれて、ついでに毛布に巻かれてネロリの膝の上で横抱きに抱えられているときのことだ。

小さな声を上げて睫を震わせたティエンの顔を、ベッドに腰かけたネロリはずっと見ていた。やがてうっすらとティエンの瞼が開き、互いの視線が交差する。小さく唇を動かしてネロリの名を呼んだティエンに頷いて、ネロリは微かに笑った。

「おはよう、ティエン」

魔界に朝は訪れないが、目覚めた相手には「おはよう」と声をかける。ごく当たり前にそう口にして、同じように当たり前にネロリはティエンにキスをした。

互いの唇が重なり、離れる。それなのに、ティエンはまだよく事態を把握していないようなぼんやりとした顔をしていた。

ネロリはティエンを抱いたまま、頬に、額に、目の端にキスをして、最後にもう一度ティエンの唇にキスをする。

唇が離れた瞬間、ようやくティエンも完全に覚醒《かくせい》したようだ。ザッと頬が青褪めた。

自分がどういう格好でどこにいるのかも理解していないだろうに、闇雲に手足をばたつかせネロリの膝から転げ落ちそうになる。

「ネ――……ネロリ様！　今……っ、今、何をっ！」

声を裏返してネロリの胸を押しのけるティエンに、ネロリは喉の奥で笑いながら答える。

「何って、キスを」

「のの、の、呪われたいんですか貴方は！」

「もう呪われちゃったよ。これで本当にティエンと一蓮托生」

楽しそうに告げてもう一度唇を合わせようとするネロリを、慌ててティエンが押しのける。

胸につかれたティエンの手を取って、ネロリはその指先にキスをした。

「一回キスしたらもう呪いはかかるから、二回も三回も一緒でしょ？」

「ほ……本気ですか……！　どうしてそんな、馬鹿げたことを――……」

ティエンの顔は青褪めたままだ。他人の心臓を預かったとも、自分の心臓を他人に預けたともいえるこの状況だから当然のことかもしれない。

ネロリはティエンの掌に頬をすり寄せながら、猫のように目を細める。

「大丈夫、無事魔力の継承は終わったから。もう誰も俺に喧嘩売ってくるようなことはしないだろうし、エックハルトたちも従順になった。俺の身に何かあってティエンにも被害が及ぶようなことは絶対ないから」

継承が終わった、という言葉にティエンは目を瞬かせ、一瞬ホッとしたように肩から力を抜いたものの、すぐさま眉間に深い皺を寄せた。

「そうではなく！　貴方と違って私には大した魔力もないのです！　私に何かあったら貴方の命が……っ……！」

「当然ティエンのことも守るよ。全力で守る」

「だから……っ、どうしてそんなリスクを負ってまでキスなんてしたんです！」

「ティエンのことが好きだからだよ」

いつもの調子でさらりと口にされた台詞に、ティエンの顔が苦々し気に歪む。どうせまた、今だけとか百年先までとかそういう言葉が続くのだろうとばかりネロリの頬に押しつけられた手を振り払おうとしたティエンを、ネロリが強く抱き寄せた。

驚いたように目を見開いたティエンの顔が一瞬で近づいて、ネロリはその唇に有無を言わせず噛みつくようなキスをする。それまでの触れるようなキスではなく、薄く開いた唇の間に舌を割り込ませると、腕の中でティエンの体が小さく跳ねた。

「ん……ぅっ……」

抗議の声すら逃さぬようネロリはティエンの舌を搦《から》め捕《と》り、きつく吸う。思う様口内をかき回し、濡れた唇の間から漏れるティエンの声が潤み始めた頃、ようやく唇を離した。

呆然と目を見開いてこちらを見上げるティエンの頬は赤い。息も上がって、瞳は潤んでいる。キスの合間にすっかり笑みを消したネロリは、ティエンの頬を指先でなぞって囁いた。

「ティエン、好きだよ」

ティエンの瞳がますます大きく見開かれる。

伝わるかな、と思いながら、ネロリはもう一度ティエンの唇にキスをした。

「もう今だけとか言わない。この先も永久に、ティエンのことだけずっと好きだ」

頰に触れていたティエンの指先から力が抜けたのを感じ取り、ネロリはその手を自分の心臓の上に押しつけた。

「この心臓にかけて誓うから」

信じてくれる？　と弱り顔で笑ってネロリはティエンの顔を覗き込む。

ティエンは自分の耳で聞いたものがすぐには信じられなかったのか、随分長いこと口を半分開けてネロリを見上げ続けていた。それでもしばらくすると、瞬きを忘れた目に涙が溜まり始め、眉がゆるゆると八の字に下がってきた。

ようやく事態が呑み込めたようだとネロリがティエンの目元を指先で拭おうとすると、寸前で決壊したように涙が頰にこぼれ落ち、ティエンはギュッと目を閉じてしまった。

「……なんて、馬鹿なことを…っ…貴方には、王としての自覚が足りません……！」

こんなときでもティエンは小言を言う。けれど涙声の小言にはまるで迫力がなく、ネロリは苦笑混じりでティエンの言葉に頷いた。

「私なんて、容易く誰かにさらわれて命を奪われてしまうくらい弱いのに……！」

「怖いこと言わないでよ。そうならないように全力で守るって言ったでしょ」

「私に飽きてしまったら…っ…どうするつもりですか……！　魔界の片隅に捨て置くわけにもいかないでしょう……！」

「飽きるとかないから。ティエンがいなかったら俺の世界終わっちゃうよ」

ぱちりと目を開けたティエンの頬に、サッと朱がさした。薄く笑みを浮かべたネロリと至近距離で目が合うと、上手く表情も作れなくなった様子で闇雲に声を張り上げる。

「ば…っ…馬鹿げてます！　一時の感情に流されて、なんて愚かな——…っ…」

ティエンに最後まで言わせず、ネロリはもう一度その唇をキスで塞ぐ。柔らかな唇を甘く噛んで、軽く吸い上げて、暴れられる前に深く舌を差し込んだ。

「んんっ……！　ん…っ……ぅ……」

なんだかんだと素直なティエンは、口づけが深まると見る間に抵抗する気力を失ってネロリの腕に寄りかかってくる。ふわふわと力の抜けたその体を抱きしめて、ネロリはティエンの唇を舌先で舐《な》めると後悔の混じる溜息と共に呟いた。

「本当に、愚かだった。いつかティエンより好きな誰かができるかもしれないなんてさ」

自嘲《じちょう》気味に笑い、ネロリはティエンの唇を柔く噛みながらその目を覗き込んだ。

「こんなにティエンのことが好きなんだから、この先どんな人物が現れたところで目移りするわけないのに、ねぇ……？」

ティエンの命の灯《ひ》が消える直前までそれに気づかなかった自分は本当に愚かだ。でも間に合ってよかったと心の底から思う。だからこそ、ネロリは言葉を惜しまない。

「ティエン、好きだよ」

もう一度唇を合わせながら囁く。

「俺の心臓が動いてる限り、ずっとだ」

信じられない？　と互いの額を合わせたままネロリが尋ねると、ティエンの顔がくしゃっと歪んだ。子供みたいに眉尻を下げ、乱れた息を必死で抑えながらティエンは言う。

「呪われてまでそんなことを言われて……どうやって否定しろと……！」

「じゃあ、俺のものになってくれる？」

思わず尋ねたら、自分でも驚くほど声が弾んでいた。どれだけ気が逸ってるんだ、と咳払いでそれをごまかそうとしたら、いきなりティエンに睨みつけられる。

あまりの眼光の鋭さに、本当は勝手にキスされたことを怒ってるんじゃないかと怯みそうになったところで、ティエンに目一杯怒鳴りつけられた。

「呪いなんてかけられなくても！　私の心臓は最初から貴方のものです！」

真正面から、風が吹き抜けていった気分になった。

何もかもその風に持っていかれてしまったようで、体が勝手に動き出す。

手の中からこぼれ落ちそうになった大事なものにとっさに腕が伸びるように、目一杯腕を伸ばしてティエンを抱き寄せる。同じようにネロリの首にもティエンの腕が伸びて力一杯抱き返された。

(……あ……)

ネロリは小さく瞬きをする。

ティエンを抱きしめたことはあっても、抱き返されたのは初めてだ。

首筋にすがりついてくる腕は予想外の強さで、耳元で聞こえる押し殺したような声に、一体どれだけティエンを待たせてしまったんだろうと思ったら何も言えなかった。

(……こんなに必死だったか)

緩く結った髪が乱れるのも構わずに後ろ頭を手荒に撫でてやると、泣き声が少し大きくなった。泣きやませるつもりが上手くいかない。ティエンを首に抱きつかせたまま髪に頬を押しつけて背中を叩いてやると、幾許《いくばく》か呼吸が落ち着いたようだ。

首に巻きつく腕をさするとしがみつく力が緩んで、ようやく互いの体の間に隙間ができた。

ティエンの顔を覗き込むと、目の縁を真っ赤に腫《は》らしてまだ泣いている。

待たせた時間を詫《わ》びる代わりに、濡れた瞼にキスをした。

ティエンの想いの深さを理解できていなかった自分を悔やみながら、冷たくなった頬にも唇を落とす。謝罪の言葉を口にするより真摯《しんし》にティエンの瞳を見詰め、この先も変わらず共にあることを誓うつもりで唇にキスをした。

「ん――……」

鼻から抜けるようなティエンの甘い声に、ふっと体が緩んでいく。

舌を絡ませると、今度はティエンも応えてくれた。物慣れない様子でおずおずと動きに合わせてくるのがなんとも可愛らしくて、ネロリは小さく喉を鳴らした。

ネロリの胸元を握り締めてくるティエンの指先や、唇の隙間から漏れる弾んだ息遣いにやけにドギマギする。全力で走ったわけでもないのに心拍数が上がってきた気がして、ネロリは慌ててティエンから体を離そうとした。すると。

「あ……」

唇が離れた瞬間、ティエンが泣きそうな顔でネロリを追いかけた。胸元を握り締める指先に力がこもって、引き寄せられる。

それは決して抗《あらが》えないほど強い力ではなかったはずなのに、谷底に真っ逆さまに落ちていくように体は傾き、止まらない。気がつけばネロリは、身を捩って腰かけていたベッドにティエンを押し倒していた。

ティエンの体を包んでいた毛布が床に落ちる。ベッドのスプリングが鈍い音を立て、驚いた顔でティエンがこちらを見上げてくる。そのままティエンに深く口づけようとしたものの、ぎりぎりのところで思いとどまってネロリはティエンの頬に唇を掠めさせるとその首筋に顔を埋めた。

ティエンにのしかかったままネロリが獣のように低く唸っていると、ティエンが戸惑ったようにネロリの背中に腕を回してきた。

「……ネ、ネロリ様……？　あの……どう……しました？」

いや、とティエンの首筋に顔を埋めたまま呟いて、ネロリは自分の眉間に指先で触れた。くっきりと皺が刻まれ、苦悶《くもん》の表情なんだろうな、と自分で思う。

ネロリはティエンの顔の両脇に腕をついて身を起こすと、真上からティエンを見下ろしてぽつりと尋ねた。

「ティエン、体の具合は？　どこか痛むとか、気分悪いとかないの？」

「え……？　あぁ、そうですね……特にはどこも……」

意識を失う直前自分が傷だらけだったことを思い出したのか、ティエンはペタペタと自身の頰や腕に触れている。何気ない仕種をしつつも目元はまだうっすらと赤く染まっていて、なんだかくらくらしそうだった。そんなティエンをジッと見下ろしていると、視線に気づいてティエンもこちらを見返してくる。

潤んだ瞳を見たら、ためらいのようなものが粉微塵に砕け散った。

幸い、ティエンの体には傷も痛みも残っていないらしい。それならばと、ネロリはティエンの頰を両手で包み、グッと顔を近づけて真顔で問いかけた。

「もしこのままティエンの服脱がせたり、俺が服脱いだりしたら、怒る？」

直前までの厳粛な空気がその一言で吹き飛んだ。

ティエンは最初言われた意味がわからなかったのか二度、三度と瞬きを繰り返し、ネロリの言葉を理解すると湯に投げ込まれた蛸《たこ》のように一瞬で頬から首筋まで赤くした。

「な……っ……な……なんっ――……」

「いや、ティエンの意思を尊重しようと思って。無理強いして愛想尽かされたくないし」

「だからって…っ…聞きますか！　そんなことを！」

「ごめん、ムードがなかったなら謝る。でも俺このまま引き下がるとかできそうもないし、だからってティエンに嫌われたら本気で困るし」

ネロリの顔はどこまでも真剣だ。間違ってもからかっているわけではないことはティエンにも伝わったらしい。生真面目に返答を待つネロリを見上げ、ティエンは何度も唇を上下させ、ようやくのこと喉の奥から絞り出すような声で答えた。

「……い、嫌なら、ちゃんと……抵抗します……！」

「じゃあ本気で抵抗されるまでは続けてもいいっていう……」

「ご自分で判断してください！　下手なことをしたら本気で大暴れしますよ！」

先を促すようなことを言った自分が耐えられないのか、真っ赤になって怒鳴り散らすティエンを見下ろし、ネロリは幸せそうな笑みをこぼした。

「わかった。それはもう、全力で頑張る」

何を頑張るつもりだ、と詰問される前に、ティエンの唇にキスをした。啄《ついば》むようなキスを繰り返しながら、片手でティエンの頬から首筋を撫で下ろす。唇を合わせたまま顎の下をくすぐると、ティエンの口元から微かな吐息が漏れた。

首筋から鎖骨、バスローブのあわせを割って胸元まで掌を滑らせるとわずかにティエンが身を捩った。構わず胸の突起に指先で触れれば、ティエンは声を殺すようにきつく唇を噛んでしまう。

指の腹で胸の尖りを撫でながら、ネロリはティエンの唇を舐めた。

「こら、嚙むと痛いでしょ」

「……っ……」

ティエンは顔を赤くして横顔をシーツに押しつけてしまう。シーツの上を流れるティエンの銀の髪に見とれてから、ネロリは髪の隙間から覗く耳に唇を寄せた。

「声なんて殺すことないのに。誰も部屋には近づかないよう言ってあるし」

耳朶《じだ》に唇で触れながら囁くと、ひくりとティエンの喉元が震えた。それでも固く目を瞑ってこちらを見ようとしないティエンの耳をぱくりと口に含む。

「ひぁっ……！」

「ほら、可愛い声してるんだから」

「み、妙なことを言わないでください……！」

　思わず漏らしてしまった声をごまかしたいのか、やっと唇を緩めたティエンにネロリは満足気な笑みをこぼす。そして口に含んだ耳をねっとりと舌先で舐《ねぶ》り始めた。

「あっ……や……」

　胸の尖りも指の腹で円を描くようにしてこねてやると、ティエンは身を捩ってネロリの手から逃れようとする。容易くそれを追いかけ、わざと水音を立てて耳を舐めたり甘く噛んだりしていると、またしてもティエンは唇を強く噛み締めてしまった。しかもその力の入れ方が尋常でなく、本気で噛みちぎってしまうのではないかとネロリは気が気でない。

「ティエン、いい子だから……」

　耳元から唇を滑らせ、顎先にキスをする。それでも頑なにティエンが口元を緩めないので、ネロリは苦笑混じりでティエンの唇の端にキスを落とした。

「これじゃあ、ろくにキスもできないよ？」

　わずかにティエンの唇が動いた。だが、慌てたようにすぐまた引き結ばれる。

　素直だったり強情だったり、なかなか思う通りに動いてくれないティエンを見下ろし、ネロリは片方の眉を吊《つ》り上げた。

「じゃあ、唇は別のことに使った方がいいのかな？」

　言った途端、ティエンの横顔がぎくりと強張った。長く瞑ったままだった目を開いて慌てたように唇を緩めたがもう遅い。ネロリはティエンの身につけたバスローブの胸元をかき分けると、流れるような動作でティエンの胸に顔を埋めた。

「ネロリ様……っ！　まっ……ぁっ！」

ティエンの制止など聞き流し、白い肌の上にぷくりと立ち上がった薄桃色の突起に唇を押しつけた。それだけで、ティエンの細い体が大きくしなる。

過敏な反応に目を細めつつ、ネロリは舌先を尖らせてそこをなぞった。

「まっ……待ってください！　噛みませんから、もう……っ！」

シーツに肘をついて上半身を起こそうとするティエンの腰を抱き込んで、ネロリは小さく円を描くように舌を動かした。

「あっ……ん」

密やかな声が室内に響いて、ネロリの背中にぞくりとした震えが走る。ティエンの口からこんなにも甘い声も出るのかと思ったらもっと聞きたくなって、舌先で丹念に同じ場所を突き、舌全体を使ってザラリと何度も舐め上げた。

「あっ……ふ…んぅ……」

執拗《しつよう》に攻められても、ティエンはもう唇を噛もうとしなかった。時々潤んだ声でもう噛まないと訴えてくるが、瞳だけ上げて笑顔ですべて聞き流す。戯れに硬く勃《た》ち上がったものを唇で挟み軽く吸ってやると、ティエンの唇から高く掠れた声が漏れた。

「い……嫌です、ネロリ様……それは――……っ…」

羞恥《しゅうち》がすぎたのか目元に涙まで浮かべたティエンに訴えられ、さすがに苛《いじ》めすぎたかと唇を離そうとしたら、ティエンが乱れた息の下から言った。

「そんな……そんなふうにされるくらいなら……………キスを――……」

ピクリとネロリの肩先が反応する。

何か今、とんでもなく可愛気のあることを言いそうではなかったか。

思わず顔を上げ真顔で次の言葉を待っていると、視線に気づいたティエンがハッとしたように言葉を切って、俄かに声の調子を変えた。

「…っ…キスをされた方が、まだましです！」

「え、ちょっと、違うでしょ、そういう感じじゃなかったでしょ」

ネロリは本気で眉根を寄せて抗議したが、ティエンは顔を赤くしたままむっつりと押し黙ってしまう。

「もう少し可愛い感じで……」

「言いません！」

「じゃあ続行ね?」

ティエンが慌てて何か言い返そうとする前に、ネロリは再び胸の先端を口に含んだ。今度は遠慮なく舌先で転がして、きつく吸い、甘く嚙む。

ティエンは両手でネロリの肩を押しのけようとするが、体格の差がありすぎる。目一杯押してもびくともしないのを悟って諦めたのか、最後は涙混じりの声を上げた。

「嫌です……！　キスがいい……！」

ようやく欲しい言葉が降ってきて、ネロリは機嫌よく面を上げると伸び上がってティエンに顔を近づけた。

「キスの方が気持ちよかった？」

グッとティエンが声を詰まらせる。そのまま睨みつけられ、そろそろ本気で怒られるかな、と首を竦めたネロリだったが、短い沈黙の後、ティエンはぎこちなく視線を下げて頷いた。

頬も耳も赤く染め、頷いたきりいつまでもこちらを見ようとしないティエンにネロリは内心白旗を掲げる。

「……まいったね、これは可愛い」

感じ入ったようにネロリが呟くと、からかわれているとでも思ったのかティエンは渋い顔でそっぽを向いてしまった。

本気だと告げる代わりに、ネロリはベッドの上に起き上がって着ていたセーターを脱いだ。素肌に直接身につけていたそれをベッドの下に落とすと、ネロリのしなやかに筋肉のついた体が露わになる。

それだけで、ジワリと頬を赤く染めて視線をさまよわせるティエンに忍び笑いを漏らし、ネロリは乱れて頬にかかる髪を振り払うように大きく首を振る。

「ティエン、俺最初からひとつもリップサービスなんてしてないからね？」

再びティエンにのしかかりながらネロリは満面の笑みをこぼす。なおも疑いの目を向けてくるティエンの唇に軽いキスをして、ネロリは密やかな笑い声の下で囁いた。

「言葉が信じられないのなら、体で確かめてみるといい」

異論、反論は上がらない。それより先に、ネロリがティエンの唇を深いキスで塞いでしまったせいだ。

「ん――……」

重ねた唇を何度もすり合わせ、薄く開いたそこに舌を滑り込ませる。大分応えてくるようになったティエンの舌を自分の口内に招き入れ、痛みを伴わぬよう優しく噛んで、存分に舌を絡ませた。

キスの途中、ためらいがちにティエンの腕が背に回ってきて、ネロリは口元に薄い笑みを刷く。ためらう必要もないのだと教えるつもりで髪を撫でてやれば、背に回された腕に力がこもり、合わせたティエンの唇にも微かな笑みが浮かんだ。

ティエンの拙《つたな》い仕種が微笑ましく、愛しい。

本人にその気はないのだろうがすっかり煽られた気分で、ネロリはもう一方の手でティエンのバスローブの紐《ひも》を素早く解いた。

「…っ…ネ……ッ！」

内股に手を滑らせると、さすがに驚いたのかティエンが声を上げる。ネロリの名を呼ぼうとしたようだが、それも深いキスに呑み込まれて消えていく。

ネロリはティエンの膝の裏に手をかけると、軽々とそれを抱え上げてティエンの脚の間に身を割り込ませる。そうして脚を閉じることのできなくなったティエンの内股を撫で上げると、ためらいもなくティエンの雄に指を絡めた。

「……っ！」

びくりとティエンの喉が仰け反る。キスで唇を塞いでいなくても声など出なかったかもしれない。まるで初めてその場所に触られたような初心な反応に気をよくして、ネロリはすでに頭をもたげていたそれをゆるゆると扱《しご》いた。

「ん……っ……ぅ、んぅっ……！　……っ、ネロリ様！」

無理やりネロリから顔を背けたティエンが切迫した声でネロリを呼ぶ。上向き始めたものを手の中でさすりながら、何？　とネロリが鷹揚に尋ねると、ティエンは顔を赤くしたまま口早に言った。

「そ、そういうことは、私がします……！」

「え、自分でやるってこと……？」

「そ、そうではなく……っ、あっ……、私が……貴方に……んっ」

「ああ、そういうこと？」

会話の途中もネロリが手を動かし続けるものだから、ティエンの声は端々が甘く溶けている。ネロリは手の中の熱い塊を丁寧に指先で辿りながら、いいよ、と微笑んだ。

「今はこっちに集中して」

「でも……貴方は魔王で……私は、貴方の——……あんっ…」

先端の括《くび》れに指を這わせると、ティエンの体がびくりと跳ね上がった。内股に震えが走って、ネロリは目を細めて同じ場所を執拗に攻める。

「……何？　俺が魔王で、ティエンが俺の……？」

ティエンの顎先に唇を寄せながら囁くと、ティエンは乱れた息の下で必死に答えた。

「貴方の…っ…従者です……」

「はい不正解。正しく現状を理解していないようなのでお仕置き」

「あっ……！　や、ぁんっ！　や、やめ……っ……」

緩く握り込んだ手を速いピッチで上下に動かしてやると、ティエンの背中が大きく仰け反った。先走りがネロリの手を濡らし、ティエンを攻め立てる手の動きが滑らかになる。室内に淫猥《いんわい》な濡れた音が響き、そこにティエンの甘い喘《あえ》ぎが重なって、堪えきれなくなったのかティエンがきつく唇を噛み締めた。

ネロリはティエンを攻める手をほんの少し緩め、根元から先端までじっくりと掌を往復させながら噛み締めたティエンの唇の端にキスをした。

「唇噛んだらキスができないって言ったでしょ?」

「ん……ぅ……っ…」

「それとも、唇は他のことに使って欲しい……?」

親指で裏筋をなぞり上げながら囁くと、ぎょっとしたようにティエンは目を見開いて唇を緩めた。ネロリは喉の奥で笑いながらティエンの唇を舌先で舐める。

「残念。じゃあ、それは次の機会に」

「……!　なっ……あっ、や、あっ……!」

一瞬声を荒らげようとしたティエンを黙らせるべく、それまで緩慢に動かしていた手の動きを速めると、ティエンの言葉はもろくも溶けて崩れてしまったようだ。必死で声を殺そうとするが上手くいかず、唇を噛もうとすると遮るようにネロリに唇を舐められる。ネロリの手の中のものは小さく脈を打ち、今にも限界を迎えてしまいそうだ。

「や……あぁ…っ…あん…っ…ネロ、リ…さ…ぁっ……」

涙声で必死になってネロリを止めようとするティエンの唇を甘く噛んで、互いの唇を触れ合わせたままネロリは囁く。

「いいよ、このまま――……」

「い…いや…っ…あっ、あぁ……っ!」

いいから、と再三促し、ティエンの赤く濡れた唇を吸い上げる。少し手荒に手の中のもの

を扱いてやると、ティエンの体が大きく痙攣した。

「あっ、あ…っ……あ――…っ…！」

首筋を仰け反らせたティエンの喉元に唇を押しつける。唇の下で大きく喉が上下して、ほとんど同時に手中で白濁としたものが迸《ほとばし》った。

体の下で大きく喘ぐティエンの息遣いを感じながら、ネロリはうっとりと目を閉じた。

（……なんだろうね、凄く気分がいい）

体の下で息をしている、温かい体。一度は失いかけたものが手の中にあることに、歓喜で背筋が震えそうになる。

手放したくないなぁとしみじみ思いながら、ネロリはティエンの喉元を強く吸い上げた。ティエンの体がまた小さく震えて、唇を離すとそこには赤い鬱血《うっけつ》が残る。そんなことにまた満足してティエンの顔を覗き込むと、ティエンはまだ息を乱したまま、目の端に涙を浮かべて必死でネロリから目を逸らしていた。ネロリの手で絶頂に押し上げられてしまったのが気恥ずかしいらしい。

ネロリは笑いを噛み殺してティエンの柔らかな頬に口づける。

「そんなに恥ずかしがることないのに。可愛い可愛い」

「だ……誰が…っ…か、かわ……っ……ですか……！」

可愛いと自分の口で繰り返すのも羞恥を煽られるらしい。ネロリは忍び笑いを漏らしてべッドの上に身を起こすと、ベッドサイドに置かれたキャビネットに手を伸ばした。

「そういうところがますますね。存分に可愛がってあげるから、大人しくしてなさい」

機嫌よく笑って引き出しつきのキャビネットの上に置いてあった小瓶を手に取ろうとしたら、いきなりティエンが起き上がった。

「…………私もします」

憮然とした顔で宣言すると、ティエンはネロリの穿いているジーンズのフロントホックに指をかける。自分がされるよりはした方がまだましなのか、その手元にはためらいがない。

予想外に果敢な行動に出ようとするティエンに興味をそそられ、ネロリは指を伸ばしかけていた小瓶から手を引いて、代わりにキャビネットの引き出しから別の小瓶を取り出した。

「じゃあティエン、これ使って。服は自分で脱げるから」

本当はこんなものを使うつもりはなかったんだけど、と胸中でつけ加えつつネロリはティエンにガラスでできた小瓶を手渡した。

「……なんですか、これは」

ネロリから受け取った楕円形の瓶を掌の上に乗せ、ティエンは不審そうに呟く。その声を背中で聞きながら、ネロリは着ていたものをすべてベッドの下に落とした。

「香油。開けてごらん、いい香りがするから」

振り返ると、ちょうどティエンが瓶の蓋《ふた》を開けてその匂いを嗅《か》いでいるところだ。

ネロリはベッドに上がるとティエンの前で胡坐《あぐら》を組んだ。

「マッサージオイルとしても使えるから。どうぞ」

「……わ、わかりました」

香油の用途に思い当たったのだろう。ネロリに向けた横顔をわずかに赤くして、ティエンは手の上に香油を垂らす。

両手を合わせてオイルを温め、ネロリに向き直ったティエンがわずかに息を飲む。ネロリは恥ずかしげもなく裸体を晒していて、組んだ脚の間ではすでに自身が頭をもたげている。

俄かに視線をあちこちにさまよわせ始めたティエンを眺め、ネロリはからかうような口調で言う。

「やっぱりやめとく？」

「やります！」

煽られると後に引けなくなるティエンは、自分に言い聞かせるように強い調子で返すとネロリに体を寄せ、香油で濡れた手でネロリの雄に触れた。

おっかなびっくり触れてくるティエンの拙い指先に、ネロリは声を立てずに小さく笑う。くすぐったいくらいだが、耳の端まで赤くして必死でネロリに奉仕しようとするティエンの姿を見ていると、どうにも胸の奥がざわざわして堪らない気分になる。

まだバスローブを肩に引っかけたまま、身を乗り出してネロリの屹立《きつりつ》に指を絡めるティエンの髪に、ネロリは愛しさを込めて唇を落とす。ティエンの肩からバスローブを落として剝き出しになった背中に指を滑らせると、滑らかな肌の下に震えが走った。

（……慣れてないくせに無理しちゃって……可愛いんだから）

これしきのことで脂下《やにさ》がる自分の骨抜きっぷりに苦笑しながら繰り返しティエンの髪にキスを落としていると、無言で奉仕するのが気詰まりになったのか、俯いたままのティエンがぽつりと口を開いた。

「……さっきの……正解はなんだったんですか？」

ほっそりとした指が与えてくる緩やかな快楽に目を閉じながら、なんのことかとネロリは訊き返す。ティエンは俯いたまま、幾分聞き取りにくい声で言った。

「貴方は魔王で……私は貴方の、従者でしょう……？」

ネロリは小さく眉を上げると、ティエンの顎に指をかけた。そのまま上向かせようとしたが、ティエンは嫌がって横を向いてしまう。仕方なく、見え隠れするティエンの額に唇をつけてネロリは答えた。

「立場としてはそれで正解。でもそれだけじゃないでしょ？」

他に何かあるのかと言いた気にわずかに瞳を上げたティエンの視線をしっかりと捉え、ネロリはいつになくきっぱりとした口調で言った。

「お前は俺の心臓だ」

前髪の隙間から覗くティエンの瞳が大きく見開かれた。もう一度顎に添えた指先に力を込めると、今度はすんなりと上を向く。

「お前はもう魔界を治める大魔王の心臓なんだから、これからは俺以上に自分を大事にするように。……いいね？」

「……は……」

「誰かに馬鹿にされたり虐げられたら、全力で怒っていい。お前を貶《おとし》める行為は、そのまま俺を貶めることになるんだから。どんな相手を前にしても、自分を一段下に据えるような態度は許さないよ？　相手がエックハルトだろうと七公爵だろうと、誰だって」

わかった？　と真剣な目で尋ねると、ティエンの唇が微かに動いた。はい、と言ったのだろう。こちらを見上げてくる目に見る間に涙が溜まる。

至極当然のことを言ったつもりのネロリは、泣くところじゃないのに、と苦笑して上向かせたティエンの唇にキスをした。深く舌を絡ませると、ティエンもこれまでより積極的に舌を動かしてネロリに応えようとする。途中、ティエンの目からこぼれた涙がネロリの手を濡らして、ネロリは両手でティエンの頬を包んでその涙を拭った。

「……は…、ぁ…っ……」

唇を離すと、頬をティエンの熱い溜息が掠めた。見下ろした顔は上気して、濡れた瞳がぼんやりと揺れている。室内には香油の甘い香りが立ち込めて、効いてきたかな、とネロリは目を細めた。

「ティエン、手が止まってる」

ネロリに言われ、ハッとしたようにティエンがネロリの屹立に触れた手を動かし始める。

その隙にネロリはティエンの背中をグッと自分の方に抱き寄せた。

「あっ……、ネロリ様……何を――……」

「もう少しこっちにきて。ティエンの脚はこっち」

胡坐を組んだ自分の脚をまたがせるようにしてティエンを引き寄せると、ネロリは満足気に笑ってキャビネットに手を伸ばした。先程ティエンに渡した小瓶を手に取ると、その中身を自分の手の上にもこぼす。

甘い香りが暗い寝室に広がる。大きく脚を開く格好でネロリの脚をまたがされているティエンは、恥じらうでもなく息を乱してネロリの屹立に指を絡ませている。

普段、城内で燕尾服を着込んで執務をこなす姿からは想像もつかないくらい淫《みだ》らなその姿に目を奪われながら、ネロリは香油で濡れた指先でティエンの後ろの窄《すぼ》まりに触れた。

「あ……」

ネロリの膝に乗り上げているので、いつもより高い位置からティエンがこちらを見下ろしてくる。心許ない声を漏らした唇に下から軽く口づけて、ネロリはひそひそと囁いた。

「嫌だったらすぐに止める。……嫌？」

入口をなぞりながら尋ねると、ティエンは小さく身を震わせて緩慢に首を横に振った。

「嫌、では……ないです……」

唇から漏れる声には熱い吐息が混ざって、後を引くように甘い。ネロリはティエンの唇に軽いキスを繰り返しながら、入口をほぐすように指を動かした。

「ん……ふ……っ……」

唇の隙間でティエンは何度も切な気な溜息をこぼす。ティエンの表情の変化を見守りながら、ネロリは慎重に指の先を狭い窄まりに侵入させた。途端に、ぴくりとティエンの眉間に小さな皺が寄る。

「……痛い？」

動きを止めて尋ねると、すぐに緩く首を振られた。確かめるようにもう少し深く指を沈めると、存外苦もなくそれは奥まで呑み込まれてしまう。

無理してない？　と重ねて尋ねると、ティエンはネロリの肩に顔を寄せて首を振った。

「い、痛みは……特に……ただ、体が――……」

気がつくと、いつの間にかネロリに触れていたティエンの手がすっかり止まっていた。慣れない場所に指一本受け入れているはずなのに、ティエンの体は強張るどころかすっかり弛緩してしまっている。

ネロリはひとつ瞬きをしてから、ゆっくりとティエンの中に沈めた指を動かした。

「あっ……ん……」

思わずといったふうに漏れた甘い声に確信を覚え、ネロリは一度ティエンから指を引き抜くと、力を失ったティエンの体を背中からベッドに横たえさせた。

「体が重い？　それとも熱い？」

「あ……あつ……」

頬を赤くして答えたティエンは、言葉の通り熱い溜息をついて眉根を寄せる。だろうね、とネロリが目元を緩めると、反対にティエンの眉間に小さな皺が寄った。

「……何を、したんです……」

「ん？　俺は何も」

「俺は……って……あっ……」

ベッドに力なく横たわるティエンにのしかかり、ネロリはティエンの脚の間に体を割り込ませ再び後ろの窄まりに指を這わせる。それだけで、ティエンの顔に浮いていた疑念の表情が甘く蕩《とろ》けた。

「ん……はっ……や…ぁん……」

蕾《つぼみ》は柔らかくほころんで、ネロリの指を難なく受け入れる。ゆっくりとした抜き差しを繰り返すと、ティエンはのたうつように華奢な体をしならせた。

ごくりとネロリの喉が鳴る。経験の浅いティエン相手に自制心を求められることになるとは、正直思っていなかった。

(ちょっと効きすぎたかな)

慎重に指の数を増やしながら、ネロリはキャビネットの上の香油をちらりと見た。

引き出しの中から取り出した香油はネロリが自ら調合したもので、強い催淫《さいいん》効果がある。自分の名と同じネロリの花の匂いをつけた香油をつける機会の多いネロリはすっかりその香りに慣れ、催淫効果を覚えることなどないのだが、ティエンには効果絶大だったようだ。

生真面目で羞恥心の強いティエンの心をほんの少し解放してやれればと思ったのだが。

(俺の方が持ってかれそうだな……)

二本に増やした指を奥まで押し込むと、ティエンの唇から滴るような甘い悲鳴が上がった。声を殺すことすら失念しているらしい。赤い唇の隙間から見え隠れする舌先に目が釘《くぎ》づけになる。

「……気持ちいい?」

からかうつもりが掠れた声を上げてしまい、しまったな、とネロリは苦笑いになる。余裕がないのがばればれだ。だが、余裕がないのはティエンも一緒だ。いつもなら恥ずかしいことを聞くなと怒鳴られるところを、ティエンは唇を噛んでコクコクと頷いただけだった。

「——……よかった」

どうしようもなく、声が低くなる。快楽を覚えているのはティエンの方なのに、与えている自分の方まで息が上がり始めたのはどうしたことか。

ジッとしていられなくなって、ティエンの頬に顔を擦《こす》りつけ、その首筋にキスをした。そうしながら内側に深く沈めた指を出し入れすると、ティエンが甘ったるい声で啼《な》く。

「あぁ…っ…ぁ……はぁ…っ…ん……」

（……そんな腰にくる声を……）

目の前にあった耳朶を軽く噛んでやると、熱い肉が指先に絡みついてきた。そこに自分の欲望を押し込むところを想像してしまったらもう我慢がきかず、ネロリはティエンから指を引き抜く。

衝撃に小さく息を飲んだティエンの脚を抱え上げ、ほぐした場所に切っ先を押し当てる。ティエンの顔を確認すると、怯えも恐怖もないとろりとした目でこちらを見ていた。

「……無理だと思ったら、竜に戻ってでもいいから止めるように」

さすがにあの牙を剝き出しにされたら自分も正気に戻るだろうと、至極真面目な顔でネロリは告げる。ティエンはぼんやりと潤んだ目でネロリを見上げ、ほんの少しだけ、笑ったようだ。

なぎ倒されそうになる理性を奮い立たせ、ネロリはゆっくりと腰を進める。

香油でたっぷりと濡れた場所は、さほどの抵抗もなくネロリを受け入れていく。とはいえさすがにまるで痛みを感じないわけもなく、ティエンが苦し気に眉根を寄せた。

「……辛いか」

思わず腰を引こうとしたら、ティエンが眉根を寄せてネロリに腕を伸ばしてきた。すがるような指先でネロリの腕を掴んだティエンが、嫌、と小さく首を振る。

「……嫌です……嫌……」

「でも」

「お願いです、このまま――……」

まるでこのままネロリが行為をやめてしまうとでも思っているような必死さですがりつかれて、ネロリは困ったようにティエンに唇を寄せる。唇が触れ合った瞬間、ぽろりとティエンの目尻から涙が落ちた。やっぱり辛いんじゃないかとネロリが眉根を寄せると、ティエンも一緒に眉を八の字にして、いきなりネロリの後ろ頭を掴んで引き寄せた。

「……っ」

勢いがつきすぎて互いの歯がぶつかる。こんなにがむしゃらなキスをするのは初めてだった。危ない、とネロリが諌《いさ》めようとすると、唇を離した途端ティエンは切れ切れに叫んだ。

「早く……っ……私のものにしたいんです――……！」

予想外の言葉にネロリは目を見開いた。

ネロリはティエンを抱いて自分のものにしようとしていたのに、ティエンはまるで逆のことを考えている。そうか、自分がティエンのものになるのかと思ったらまったく悪い気はしなくて、そうまでして自分を手に入れたいと思っているティエンに、本気で心臓を持っていかれたと思った。

ネロリは唇を嚙み締め、半ば強引に腰を進める。

「あっ……あぁっ……！」

目を見開いたティエンが後ろ頭をシーツに押しつけて喉を仰け反らす。見開かれた瞳から涙が落ちて、庇護《ひご》欲と征服欲を同時に刺激されながらネロリは低く呻いた。

「……ほら、可愛いことばっかり言ってると痛い目見るよ……？」

痛い思いをさせている自分が言うことではないな、と自覚しつつネロリが囁くと、ティエンは肩を震わせながらネロリを見上げた。

怒られるか、睨まれるくらいするだろうと覚悟していたネロリだが、ティエンはやっぱりとろとろと溶けるような目でネロリを見詰め、両手でネロリの頬を挟むようにして自分の方に引き寄せた。

望まれるまま、ネロリはティエンの唇にキスをする。唇の隙間からティエンの舌が忍び込んできて、甘く嚙みながら舌を絡ませると、ネロリを受け入れた部分がわずかに蠢いた。

ネロリは喉の奥で低く唸る。気を抜くと暴走してしまいそうだ。ティエンの思いがけず淫《いん》蕩《とう》で熱い体を手加減なく貪ってしまいそうになる。

「ティエン……初っ端から抱き壊されたい……？」

名残《なごり》惜しく唇を離しながら呻くようにネロリが言うと、ティエンはひっそりと濡れた目を細めた。

「……許します」

「こら、軽々しく自分を扱うなってさっきも……」

「これくらい……ようやく、私のものになったんですから――……」

声を飲んだネロリの顔をもう一度引き寄せ、ティエンが唇に軽く噛みついてくる。その上早く、と促すように内股を腰に擦りつけられ、潤んだ目で見上げられて、ネロリの背筋が総毛立った。

極上のインキュバスに誘惑されたときだってこんな気分にはならなかった。強烈な色香に抗いきれず、ネロリはティエンの脚を抱え直す。

「あっ……ぁ……んっ……！」

ティエンの中は驚くほど熱い。根元まで押し込んで、ネロリは喉を上下させながらティエンの顔を覗き込む。

さすがに眉は寄せているものの、その顔に苦痛の色は少ない。むしろ陶酔したような表情に、自分を抑えるものが呆気なく崩れ去るのをネロリは感じた。

心の中で完敗宣言をして、ネロリはゆっくりと腰を動かし始めた。

「や…っ…あ、あっ……ふ……ぁ」

焦《じ》れるほどゆっくりと腰を引き、同じ速度で突き入れる。そうしながら、ティエンの顔中にキスを落とした。

「あっ、ん……はっ……」

繋がった部分から濡れた音が響く。そこにティエンの甘苦しい息遣いが重なって、室内の温度がどんどん上がっていく気がする。辺りに漂う香油の香りも濃密になり、耐性のあるネロリですら頭が霞《かす》んでくるようだった。

極力ティエンの体を傷つけまいと浅い場所で抜き差しを繰り返していると、ティエンがネロリの背中に爪を立ててきた。無意識なのか腰が揺れ、自覚のない媚態《びたい》にまた煽られそうになりながらネロリはティエンの鼻先まで顔を近づけた。

「……何？　もっと深くして欲しい？」

唇の端を軽く持ち上げて尋ねるネロリをティエンは必死で睨みつけようとして、でも上手くいかない。眉尻が下がり、瞳にねだるような色がにじんでしまう。室内に漂う香油の香りのせいだとわかっていても、ネロリの喉は鳴ってしまう。

「……もっと？」

促すように唇の先で囁き、埋め込んだものが抜け落ちてしまうくらいギリギリまで腰を引くと、いきなり下からティエンの腕が伸びてきた。

「……っ」

首を抱き寄せられ、強引に下から口づけられる。腕に込められた力は苦しいくらいで、手加減なく唇に噛みつかれた。

もっと、と言葉より雄弁に体で訴えられ、ネロリは陥落する。普段冷静な顔を必死で取り繕っているティエンが、こんなにもなりふり構わず自分を求めているのだと思ったら、余裕のある振りをするのも限界だった。

「ん…っ…あ……あぁっ！」

ティエンの脚を抱え直し、望まれるまま最奥まで突き入れた。ティエンの濡れた唇から高い声が上がって、それが悲鳴ではなく愉悦混じりの嬌声《きょうせい》であることにネロリは目を眇めた。

「……熱いね」

「ひ……ぅ…っ」

「凄くいい――……」

押し殺した声でネロリが囁くと、ティエンの内側がざわりとうねった。息を飲み、奥深くまで貫いたまま腰を回すと、ティエンの唇から漏れる声が一層甘くなる。

「あ……あっ……や、ぁ……ん」

繰り返し突き上げるとティエンが喉を仰け反らせ、先程喉元につけた痕《あと》が目の前に晒される。同じ場所に唇を押しつけ熱く蕩けた内側を揺すり上げると、啜《すす》り泣きのような声と共に首の裏に爪を立てられた。

「いや……いや…ぁ…っ…あん……」

「嫌なようには聞こえないよ……？」

淫らに収縮を繰り返す柔らかな肉を擦り上げながら囁くと、首に立てられた爪に力がこもったような気がした。同じリズムで突きながら、やめて欲しい？　と尋ねれば、今度は言葉もなく嫌々と首を横に振られた。どこまで羞恥心が残っているのか知らないが、頬を真っ赤にして、弾みでシーツに涙が散る。

思わず奥歯を嚙み締めた。冗談ではなく抱き壊しそうだ。短く息を吐き、大きく腰を引いて突き入れる。

「ひっ……ん……あっ、あぁ…っ…や――……ん…っ…」

いや、と言いかけてとっさに唇を嚙むティエンが可愛くて仕方がない。声を殺したいのか横顔をシーツに押しつけるティエンの耳朶を口に含みながら、ネロリは急速に激しくなっていく動きを止められずそこに歯を立てた。

ティエンが息を詰めて背筋を山形《やまなり》にする。自分の余裕のなさを詫びるつもりでごめん、と耳元で囁くと、前より強くティエンに抱き寄せられた。

「あっ…ぁ……っ……ネロ、リ……さ――……」

ネロリの動きに翻弄されながら、その肩口に顔を押しつけたティエンが途切れがちにネロリを呼ぶ。荒い息遣いの下で、熱に浮かされたような口調でティエンが何か言った。

「――……、……」

「え、何――……」

音の連なりが意味を伴い頭に入ってきた途端、ネロリの全身がカッと熱くなった。

「あっ！　あぁっ！」

反則だ、と咎める余裕もなく、ティエンを下から突き上げる。濡れた肉をかき分ける感触に背筋が震えた。体中の熱が腰に集まっていくようでろくに声も出ない。

「あ…っ…あぁ……ん…っ…や…ぁ――……」

ティエンの声が変化していく。溶けるようだ。声も体も、驚くほど熱く濡れている。誘うように締めつけられ、ネロリは小さく息を飲むと最奥まで自身を押し込んだまま大きく腰を回した。

「あっ、あぁ…っ…あ――…っ…！」

俄かに追い詰められた声を上げてティエンが爪先まで突っ張らせる。全身が硬直して、そのきつい締めつけにネロリもまた追い上げられる。これ以上は自分の方が持たないと、ネロリは両腕を伸ばすと力一杯ティエンを抱きしめた。

「――…っ…」

腕の中でティエンの体が痙攣して、互いの腹の間で欲望が弾ける。ネロリもそれに引きずられるように、ティエンの体の深いところで吐精した。

ひどく息が乱れていて、俄かには声も出なかった。ティエンを抱きしめたまま、ベッドに突っ伏して動けない。

しばらくしてようやく息が整うと、ネロリは腕で体を起こしてティエンの顔を覗き込む。ティエンはまだ我に返っていないのか、いつもより少し速い呼吸でとろりとこちらを見上げてくる。汗で額に張りついた髪を後ろにかき上げてやって、額や頬、それから唇にキスを落とすと、ティエンはぐったりとシーツに沈み込んだままわずかに眉根を寄せた。

「……魔王のくせに……呪われるなんて——……」

軽薄です、とかなんとか口の中で呟いたティエンの唇にもう一度キスをする。

そのとき自分は、一体どんな顔をしていたのだろう。

こちらを見上げたティエンは口を噤み、それから諦めたように溜息をついて、今まで見たことがなかったくらい、幸福そうに笑って目を閉じた。


カツカツと、革靴の踵が床を蹴る硬質な音が高い天井に反響して落ちてくる。

人気のない魔王城の謁見の間。恐ろしく面倒な手順を踏まなければ腰かけることのできない玉座に、ネロリはドカリと腰を下ろした。

「やっぱり金の装飾とかつけた方が遠目からの見栄えがいいと思う？」

毅然《きぜん》とした口調で言ったネロリが身につけているのは、一週間前に七公爵たちとの謁見で着ていたのと同じ黒のフロックコートだ。相変わらず、服装を変えるとネロリはガラリと雰囲気が変わる。

玉座の傍らには銀の燕尾服を着たティエンが立っている。正装のネロリの姿に一瞬見とれて反応が遅れたらしいティエンは、すぐにそれをごまかすように咳払いをした。

「……失礼ですが、なんのお話でしょう？」

「何って服のことに決まってるじゃない。即位式明日なんだから。どうかな、やっぱり全身黒だと地味？」

「いえ、威厳があって大変よろしいと思いますが——……」

ティエンの語尾が曖昧に溶け、ネロリは片方の眉を吊り上げた。

「本当？　なんか微妙に奥歯に物が挟まったような言い方だけど」

「ち、違います！　衣装はそちらで問題ないと思います。ただ……」

玉座に腰を下ろして長い脚を組むネロリを見下ろし、ティエンはどこか感じ入ったような様子で呟いた。

「……予想外に、即位式に対して乗り気なようなので、驚いて……」

ほんの二、三日前、魔王の魔力を完全に継承するまでは、まるで魔王になんて興味がなさそうだったのに、今では先の反乱に加担したエックハルトと、実質主人を失ったアルマンをこれまでと同じ役職に据えてまで二人の助力を仰ぎ、式の準備を進めている。二人も魔王となったネロリに仕えることに異論はないらしくよく働いているが、それにしてもどういう心境の変化かとティエンが首を傾げていると、ネロリに小さく手招きされた。促されるまま腰を折ってネロリに顔を近づけると、ネロリの大きな手が下から伸びてきて、するりと頰を撫でられた。

「ちょっとね、傲慢だったかと思って」

珍しく殊勝なことを言って、ネロリはティエンの顔をじっと見詰めたまま指先でティエンの頰の輪郭をなぞる。

「俺は今まで、自分の手の中にあるものは自分が望んで手を離さない限り、絶対に手元からなくならないと思ってたんだ。必要なものは全部守り切れると思ってた」

でも違ったでしょ、と呟いて、ネロリは掌全体でティエンの頰を包み込んだ。

数日前、ティエンが命を落としかけたときのことでも思い出しているのか、ネロリは少し辛そうな顔で目を眇める。

自分のせいでそんな顔はして欲しくないのに、こんなにも気にかけてもらえていたのかと思ったら隠しようもなく嬉しくて、ティエンは唇を嚙むのが精一杯だ。

ネロリは真顔に戻り、いつになく決然とした口調で言う。

「だからもう、自分の力は過信しない。魔王っていう肩書も最大限利用する。俺の大事なものに、間違ってもちょっかいなんて出されないように」

そのためにこんなにも即位式に力を入れているのかと思ったら、胸が詰まった。頬を包むネロリの手に力がこもり、ティエンもその上にゆっくりと自分の手を重ねた。

「……貴方なら、きっと大丈夫です。明日は貴方の前に、多くの悪魔がひれ伏します」

「そうかな。でも俺は、長く城を空けていたから……」

「代わりに魔界の者が知り得ないたくさんの知識をお持ちです。その上前王様の力をすべて継いでいらっしゃる。前王様は偉大な方でした、ですから——……」

なるべく感情的にならぬよう努めて淡々とティエンが喋《しゃべ》っていると、ふいにネロリがきつく眉根を寄せた。

覚えずティエンは口を噤む。何か気に障ることでも言ったかと視線を揺らめかせると、察したネロリが大仰に首を振った。そして自由になる指の先で、軽くティエンの頬を叩く。

「いや、うちの親父が偉大だなんて言うからさ……」

「それは、その通りでしょう。こんなにも長い間広大な魔界を治めていらっしゃったのですから。強大な力をお持ちでありながら無用な殺生もなさらず——……」

「それはそうかもしれないんだけど。でもね」

溜息をつき、呆れたような顔でネロリは言った。

「親父、逃げたよ」

ティエンは最初、何を言われたのかわからなかった。

前魔王は危篤の状態で地下の自室にこもっていたのではなかったか。あるいはネロリにすべての魔力を受け渡し、もう息絶えている可能性すらある。だが外からあの部屋を開けることはもうできないから確認することもできないのだと、そういう話ではなかっただろうか。

どういう意味かと尋ねる代わりに首を傾げると、ネロリはするりとティエンの頬から手を離して頭の後ろで両手を組んだ。

「さっき城の地下にある親父の部屋、ちょっと見に行ってみたんだよね。部屋の壁にはもう親父の魔力が通ってなくて、普通の土壁と同じ状態になってた。だから壁を壊して中に入ってみたら、もぬけの殻だよ。その上俺宛《あて》の置き手紙まであった」

ここまで言われてもまだティエンには状況が摑めない。腰を折ったまま黙って続きを待っていると、ネロリは面白くなさそうに天を仰いで溜息をついた。

「ただの下級悪魔に戻って旅に出る、後のことはよろしく、だってさ。俺にほとんど魔力を渡して、自分は身軽になってどっか行ったみたいだね」

「し——しかし、魔王様はずっと、危篤の状態で——……」

「それがおかしいと思ってたんだよねー、悪魔に寿命なんてないはずなのに。でも親父はこの魔界で一番長く生きてる悪魔でしょ。もしかすると魔界で初めて老衰に至った悪魔なのかな、なんて思ってたんだけど……やっぱりそんなわけなかった」

ぬかった、と忌々しそうにネロリは呟く。

でも、と呟いたきり、ティエンは続く言葉を言いあぐねて視線を泳がせる。

でも、なんのために、どうして。魔王がほとんどの魔力を息子に託し、自分は下級悪魔と変わらぬほどの魔力しか持たず旅に出る理由がまるでわからない。

そんな思いが顔に出ていたのだろう。ネロリは呆気なくティエンの疑問に答えた。

「魔王でいることに飽きたんだよ」

「……飽きる……？」

「そう。玉座に座って城の中でギミック作り続けることとか、絶対的な力を持って誰からも喧嘩売られない状況に飽きたんだよ。だから自分は死んだってことにして、魔力も肩書も全部捨てて城を出た。楽しいだろうね、今まで王様やってたのが急に平民に戻って、これまで自分の足元にも及ばなかった奴らに下手したら命とられるかもしれないって状況は」

「た……楽しいですか？　そんな命がけの状況が……？」

ティエンにはさっぱり理解できない。命の危機に晒される状況は恐怖にしかなり得ないのであって、決して興味や興奮を駆り立てられることではないはずなのに。

だが、魔王の力を引き継ぐ前からすでに大きな魔力を得ていたネロリにはその気持ちがわかるようだ。玉座の肘かけに肘をつき、楽しいだろうねぇ、と実に羨ましそうな顔で言う。

そんなネロリの横顔を見詰め、少しためらってからティエンは口を開いた。

「……ネロリ様も、いつかそうして誰にも知られず城を出ていくおつもりですか……？」

声に反応してネロリがこちらを向く。斜め上を見遣り、短い間考え込むような顔をしてから、ネロリは笑った。

「魔王の力がなくても絶対ティエンを守り切れるって確信できたら、出ていくかもね」

やはり出ていくのか、と思ったら、自然と視線が下がった。そのまま腰を伸ばそうとしたところで、ネロリに手首を掴まれる。

「でも、そのときはお前も一緒だ」

笑顔のままでネロリが言う。ごく当たり前のように。ティエンを手放すことなんて最初からちっとも考えていないような顔で。

「…………」

頬がじわじわと赤くなるのを感じながら、余計なことを言うとこの胸の疼《うず》きがすべてネロリに伝わってしまうのを知っているティエンは無言のまま目を伏せる。

この人は、こういうことを全部無意識でやってしまうのだろうかと思いながら、ティエンはしっかりと自分の手首を掴んで離さないネロリの指先を見下ろした。

ネロリはいつも、絶妙のタイミングで自分の欲しいものをくれる。それもまったく狙った形ではなく、偶然のような自然さで、ティエンですら思いつかなかった物や言葉を。

いつだったか、ネロリが人間界から花を一輪摘んできてくれたことがあった。

久方ぶりに城に戻ってきたネロリは真っ先にティエンの元にやってきて、釣鐘型の青い花を手渡しながら言った。

『これ、竜胆っていう花。竜の胆って書くんだって。これのどこが竜の胆なんだろうって思ったらティエンのこと思い出して、ティエンにも見せたくなったから帰ってきた』

それだけで、長く城を空けていたことを詰る言葉などどこかに吹き飛んだ。

あまり城に帰ってこないネロリは人間界で自分のことなどすっかり忘れているのではないかと思うこともあったけれど、実際は時折思い出してくれているのだとわかって、嬉しかった。その上自分に花を見せようと、息せき切って魔界まで帰ってきてくれた。

そのまま枯れさせてしまうのは忍びなく、花は押し花にして今も大事にとってある。

魔界の谷で傷ついた自分を見つけてくれたときも、ネロリは絶望し切った自分に優しい言葉をかけ、魔力を分け与え、本当はネロリについていきたいのだけれどすっかり臆病《おくびょう》風に吹かれて前に進めなくなっていた自分を、半ば強引に城まで連れてきてくれた。

ネロリ専属の執事になってからも、他の執事たちと同じ黒の燕尾服を着ることを周りが許さず肩身の狭い思いをするティエンを背中に庇って、色違いの服を与えてくれた。そうした上で改めてティエンの姿を見回して、さっぱりと笑って言った。

『やっぱり、黒より銀の方がお前には似合う』

知らないんだろう、とティエンは思う。その一言でティエンが、他と違う格好をしなければいけない自分を惨めだとは思わずに済んだことを。ごく無意識にネロリが与えてくれる言葉に、自分がどれほどの幸福を噛み締めているのかも。

自覚がないから質《たち》が悪い、とティエンが溜息を押し殺したら、手首を摑んでいたネロリがふいにそれを引き寄せた。

そのまま唇を奪われそうになって、ティエンは慌てて体を起こす。

「な……何をするんです！　こんな場所で！」

「いいじゃない、他に誰もいないし」

「そういう問題ではありません！　大体…っ…即位式の準備もあるのでしょう！」

「そうだよ。即位式の後は何かと忙しくなるんだから。魔界を治めてる七十八の悪魔たちと謁見しなくちゃいけないし、クライブの街の修復作業も少しは手伝わなくちゃいけないし」

だから今だけ、とまた手首を引っ張るネロリの手を、ティエンはぴしゃりと叩き落とす。

「お仕事が先です」

さほど痛くもなかっただろうにネロリは小さく手を振って、わざとらしい溜息をついた。

「ひどい、ベッドの上では自分からキスしてきたくせに」

「そ、それは…っ…貴方が妙な香油を使ったからで……私の本意ではありません！」

いきなり閨《ねや》の話を持ち出され、ティエンは真っ赤になって声を荒らげる。

香油の効果についてはすでにネロリから聞かされている。それでも自分がどれだけ乱れたか記憶があるだけに、ティエンとしては何かにつけて言い訳をしたくなってしまう。

今も全力で怒鳴り返したティエンを、ネロリが黙って見上げている。

もっと面白がる顔をしているかと思ったのにネロリの面持ちは真剣で、はたとティエンは自分の失言に気がついた。今の言い方では、ネロリと体を重ねたこと自体が本意ではなかったように聞こえなかっただろうか……？

そうではない。けれど、素直な言葉は気恥ずかしくて出てこない。弱り果ててティエンが唇を微かに動かすと、堪えきれなくなったようにネロリが吹き出した。

「いいよ、わかってる。あの香油は単なる催淫剤だ。嘘をつかせることはできないから」

ふふっと声を立てて笑い、ネロリは唇を綺麗な弓形に曲げる。意味がわからずティエンがまごついていると、ネロリは一層楽し気に笑って小首を傾げた。

「あのとき俺の首に抱きついてなんて言ったか、覚えてない？」

ティエンは黙りこくってあの夜の出来事を反芻《はんすう》する。羞恥で怯みそうになりながらも記憶を引きずり寄せていると、最後の方だよ、とネロリに声をかけられた。

意識を失う前の、最後の方。そういえば、がむしゃらにネロリに抱きついたような。

『ネロリ様——……』

自分の声が耳元で蘇り、ピクリとティエンは口元を緊張させる。

やっぱり思い出さない方がいい、と思ったのに、間に合わなかった。

『……好きです……好き――……』

ネロリと肌を合わせたら長く隠していた気持ちを抑えきれなくなって、力強く抱きしめてくる腕に背中を押されるように、自分は確かに、そう言った。

「あのときはあんまり嬉しくて、我を忘れた」

ティエンが思い出すのを待っていたようにネロリが言う。

ティエンは己の言葉が今更ながらに恥ずかしく、これ以上ないほど顔を赤くして吠えるように叫んだ。

「薬のせいです！」

「そうだねぇ。薬を使わないと素直になれないっていうのも考えものだけど……」

「こ……これ以上おっしゃるようなら即位式の準備は手伝いません！」

この程度でネロリが黙るとも思えなかったがティエンが怒鳴ると、思いがけずぴたりとネロリは口を噤んだ。表情を改め、身軽に玉座から立ち上がる。

「じゃあ、服はこれでいい？　やっぱり金の刺繍とかいる？」

「……それ、は……その……」

「何？　さっきの話やめて欲しかったんじゃないの？」

きょとんとしてネロリがこちらを見下ろしてくるものだから、なんだかティエンの方がしどろもどろになってしまう。どういう風の吹き回しかと思っていたら、両頬をネロリの手で包まれた。

「知らないの？　キスをすると呪われるんだ。相手の言うことに逆らえなくなる」

「それは、でも、そういう類《たぐい》の呪いでは——……」

「本当。何か命令してごらん。どんなことでも従うから。……ほら、何もかも、ティエンの望み通りに」

ティエンは小さく目を瞬かせる。何しろ相手は魔界の大魔王だ。自分の望みなんて聞くのだろうかと思いながら、半信半疑で言ってみた。

「……でしたら、キスを……」

「さっきは止めたのに？」

「キ、キスだけです！　……その、触れるだけ……」

わかった、とネロリがはちみつ色の瞳を細める。ティエンの頬を両手で包んだまま、大きく身を屈めて唇を重ねてくる。柔らかく触れるだけのそれは、でも愛しさに満ちていて、ティエンはとろりと目を閉じた。

「……抱きしめるのも駄目？」

唇を離しながらネロリが尋ねてきて、ティエンは一瞬揺らぎそうになる心を奮い立たせて首を横に振る。ティエンの反応など流すことは容易かっただろうに、ネロリは困ったように笑って言われた通り、ティエンの頬を撫でている。

ふと、ティエンは妙な不安に襲われた。ネロリといい、七公爵のひとりであるクライブといい、自分より圧倒的に非力な悪魔に対してこうも下手に出るのはなぜだろう。

「あの……もしかすると、本当にキスには相手に逆らえなくなる呪いでもかかっているのですか……？　私たち下級の悪魔が知らないだけで……？」

だとしたらうっかり口を滑らせて妙なことを言ってしまったら大変だ。深刻な表情になるティエンにネロリは少し驚いたような顔をして、すぐにその綺麗な顔に笑みを浮かべた。

「実は親父がかけた呪いとは別に、もうひとつ呪いがあってさ……」

「ほ、本当ですか！」

「いや、呪いというか、呪いではないけど同じくらい厄介で」

困ったね、とネロリが笑う。さほど困ったふうではなく、むしろ幸せそうに。

なんだろう、と思っていると、もう一度唇にネロリのキスが降ってきた。

「人間たちはこういうの、惚《ほ》れた弱味って言うらしいよ」

唇はやはり重なるだけで、でもとんでもなく、甘かった。

あとがき

ファンタジー大好き海野です。こんにちは。

毎度毎度ファンタジーは難しいと言いながら、振り返ってみると結構な割合でファンタジーを書かせていただいていました。難しいけれどやっぱり面白いのでやめられません。懲りないとも言いますが。

今回のお話は以前書かせていただいた『駄目ッ子インキュバス』というお話のスピンオフになりますが、これ一冊でも読める内容になっております。ちなみに前作は、今回ちらっと出てきたクライブ公爵と、誘惑下手で純情なインキュバスのお話になっておりますので、興味のある方は是非お手に取ってみてくださいませ。

駄目ッ子インキュバスを書き切った後、なんだかネロリはこのまま終わらせてしまうのは惜しいキャラなのではないかという話になり、だって魔王の三男坊ってポジション的に面白い、むしろ上のお兄ちゃんたちも気になる、絶対ネロリの従者は苦労性、などと妄想が膨らんでこのようなお話になった次第です。

イラストを担当していただいたのは引き続き琥狗ハヤテ様になりますが、前回は表紙のイラストを見ながら、「こんなに美麗なイラストに『駄目ッ子インキュバス』なんて珍妙なタイトルをつけて、琥狗さんはもう私とお仕事をしてくれないかもしれない……でもこれで『淫魔調教』なんてガチなタイトルをつけたら、濃厚エロスを期待して購入された読者の皆様を一本背負いの豪快さで裏切ることになってしまう……そんなにエロくない」と悶々と悩んだものです。

そんな心配もありましたが、もう一度イラストを担当してくださった琥狗様、ありがとうございました！　今回もイラストを見ているだけでさらなる妄想が膨らみます。もうワクワクしっぱなし！　イラストを眺めている瞬間は完全にただのファンです。

そして末尾になりますが、この本を手に取ってくださった読者の皆様。本当にありがとうございます。こうして以前書いたお話の続きを書けるのも、本を読んでくださる皆様のおかげです。少しでも楽しんでいただけましたら幸いです。

それではまた、どこかで皆様にお目にかかれることをお祈りして。

海野　幸

海野幸先生、琥狗ハヤテ先生へのお便り、
本作品に関するご意見、ご感想などは
〒101-8405
東京都千代田区三崎町2-18-11
二見書房　シャレード文庫
「魔王と誓いの口づけ」係まで。

本作品は書き下ろしです

CHARADE BUNKO

魔王《まおう》と誓《ちか》いの口《くち》づけ

【著者】海野幸《うみのさち》

【発行所】株式会社二見書房
東京都千代田区三崎町2-18-11
電話　03(3515)2311［営業］
　　　03(3515)2314［編集］
振替　00170-4-2639
【印刷】株式会社堀内印刷所
【製本】ナショナル製本協同組合

ISBN978-4-576-13021-7

http://charade.futami.co.jp/

CHARADE BUNKO

スタイリッシュ&スウィートな男たちの恋満載

海野 幸の本

こんなに下手な口淫は、初めてだ

駄目ッ子インキュバス

イラスト＝琥狗ハヤテ

滴る美貌と魅力的な身体を持ちながら、冴えない性格とド下手なHでそれを活かせない落ちこぼれインキュバスのタキが、出会った相手はなんと大魔王の傍系で、由緒正しき血筋のクライブ公爵だった!! タキの想像を絶するおぼこさに興味をもったクライブは、誘惑のいろはを教えてくれると言うのだが…。

CHARADE BUNKO

スタイリッシュ&スウィートな男たちの恋満載

海野 幸の本

極道幼稚園

貴方がずっと、ここにいてくれればいいのに……!

イラスト=小椋ムク

ひかりの勤める幼稚園にヤクザが立ち退きを要求してきた。断固戦う姿勢のひかりをヤクザの若社長・瑚條は気に入り毎日口説きにやってくる。ひかりの身の上話に耳を傾けてくれる瑚條に心揺れるひかり。しかしある日、園児を庇って怪我をした瑚條が記憶喪失&幼児退行というまさかの事態が勃発——!?

CHARADE BUNKO

スタイリッシュ&スウィートな男たちの恋満載

海野 幸の本

……嫌じゃないんだろ?

この味覚えてる?

イラスト＝高久尚子

パティシエの陽太と和菓子職人の喜代治は幼馴染み。ところが高校三年の冬、些細な喧嘩が元で犬猿の仲になり早五年。地元商店街活性化のため目玉スイーツの制作を依頼された陽太は、なんとあの喜代治と共同制作をすることになるのだが…。

俺を幸せにしたいなら、ずっと俺の側にいろ

遅咲きの座敷わらし

イラスト＝鈴倉 温

見た目二十歳で、これまで人を幸せにした実績のないの座敷わらし・千早。新しくアパートの住人になった大学院生の冬樹の身の回りの世話をしつつ、彼の幸せをひたすら祈る千早だが…。